Zweite Chance am ersten Advent

„Winter Dream Resort“ Band 1

ALLIE KINSLEY

ÜBER DIE AUTORIN

Allie Kinsley, geboren 1985, lebt und schreibt in Bayern. Ihre erfolgreichen E-Book- und Buch-Reihen sind dem Genre Erotic Romance/Liebesromane zuzuordnen. Mit über einer Million verkauften Exemplaren gehören ihre Bücher zu den Top-Bestsellern.

Auf ihrer **Website** findest du **weitere Informationen** und kannst dich zu ihrem monatlichen, kostenlosen **Newsletter** mit **gratis E-Book** darin anmelden!

www.allie-kinsley.de

LIEBESROMAN

Zweite Chance
AM ERSTEN ADVENT

Winter Dream
RESORT

ALLIE KINSLEY

Widmung

Für Bettina

Danke für all deine Hilfe!

KAPITEL I

HUDSON

Der eiskalte Wind brannte auf meiner Haut. Schneidend, fast beißend, riss er an den Hautschichten, während ich in unfassbarer Geschwindigkeit durch die Landschaft Montanas flog.

Also ich flog nicht wirklich, aber manchmal fühlte es sich so an, wenn ich mit meinem Hundeschlitten und den acht blitzschnellen Huskys davor durch die Natur raste.

Ein Gefühl, für das ich keine Worte hatte. Es war Freiheit, es war Liebe. Die Liebe zu den Hunden, zur Natur, zu Montanas Rauheit und manchmal sogar ein kleines bisschen zu meinem Leben, das mir all das ermöglichte.

Mit gerade einmal einunddreißig Jahren war ich am – ich würde behaupten – Höhepunkt meines Erfolgs angekommen. Was konnte man mehr wollen als ein Leben in Unabhängigkeit, ohne einen Job, der mir sagte, wann ich wo sein musste. Der Möglichkeit, wann immer ich wollte, das Haus zu verlassen, meine Huskys vorzuspannen und in die Wildnis hinauszufahren.

Und es war noch nicht einmal so, dass mir all das von selbst zugeflogen war. Ich musste es mir hart erarbeiten – zu einem Teil zumindest. Die Huskys und dieses unglaubliche Genmaterial, auf das ich zugreifen konnte, hatte ich von meinem Vater geerbt.

Er war gestorben, als ich gerade mal siebzehn Jahre alt gewesen war. Hatte mir all das hinterlassen, nicht nur die guten Seiten, sondern auch die Verantwortung für sein Erbe, für die kleine Hütte mit der Zwingeranlage und dem Grund, der dazugehörte.

Ich war allein gewesen, ohne Mutter oder andere Verwandte, nur meine Tante Annie, die drei Dörfer weiter einen kleinen Gemischtwarenladen betrieb. Durch sie war es überhaupt erst möglich, dass ich dort hatte bleiben dürfen und mit ihrer Unterstützung eine Art betreutes Gewerbe betreiben konnte. Ich durfte noch nicht einmal Alkohol trinken, wie hätte ich da ganz allein eine Hundezucht aufrechterhalten sollen?

Das praktische Wissen hatte mein Dad mir quasi in die Wiege gelegt, aber es ging ja noch um so viel mehr, wie um Abrechnungen und Steuern. All diese Dinge des alltäglichen Lebens, von denen ich noch überhaupt keine Ahnung hatte.

Annie hatte mir zu dieser Zeit meines Lebens einen großen Gefallen getan, wofür ich ihr für immer dankbar sein würde. Deswegen gab es auch jetzt noch jedes Jahr einen großen Strauß Blumen auf ihr Grab, das ich nur acht Jahre nach meinem Vater für sie hatte ausheben lassen müssen.

Nun hatte ich niemanden mehr, niemanden außer meine drei Freunde, mit denen ich dieses große Resort hatte aufbauen können.

Wesley, Jude und Cal, wir kannten uns bereits seit Kindertagen und waren zusammen in Montana aufgewachsen. Dass wir dieses Resort zusammen gegründet hatten, war wohl eher eine glückliche Fügung des Schicksals. Wobei glücklich es nicht in all unseren Schicksalen trifft.

Ich zum Beispiel hätte mir durchaus Schöneres vorstellen können, als meinen Vater bereits in frühen Jahren zu verlieren und die Verantwortung für all das hier zu übernehmen.

Cal hat dieselbe Erfahrung machen müssen wie ich. Die Tatsache, dass wir beide unsere Väter verloren haben, verbindet uns, dadurch ist unsere Freundschaft umso enger.

Und ich bin mir ziemlich sicher, dass Jude viel lieber seinem Traum, Army-Ranger zu werden, nachgegangen wäre, als eine Verletzung im Einsatz zu kassieren. Auch Wesley und Calvin hatten andere Pläne für ihr Leben, aber das Schicksal hat uns alle wieder zusammengeführt, und dank Calvins großartigem Talent, Geld zu vermehren, konnten wir dieses Prachtstück inmitten der Wildnis errichten. Dass dieses große Areal ganz in der Nähe meiner Husky-Farm zu verkaufen gewesen war, war ein weiterer Wink des Schicksals.

Tief atmete ich die kalte Luft ein und sah mich in der Wildnis um. Ich mochte die großen Nadelbäume, die dick von Schnee bedeckt waren. Zu dieser Jahreszeit gab es sowieso nicht viel mehr als weite Schneelandschaften, und ich liebte es, schon allein diesen frischen Geruch, den all der Schnee mit sich brachte.

"Easy", rief ich meinem Schlittengespann zu und die Hunde verfielen in einen leichten Trab. Das Gelände in diesem Teil war etwas unübersichtlich und ich wollte auf keinen Fall einen Unfall riskieren.

Einige Meter weiter rief ich den Huskys "Haw" zu und sie bogen nach links in Richtung des Resorts ab. Ich ließ sie im leichten Trab, damit sie nicht völlig außer Atem an den Zwingern ankamen.

Wir passierten das riesige Hauptgebäude mit den großen Glasfronten und der Holzfassade, die sich so perfekt in diese Landschaft einbettete.

Dichter Rauch stieg aus den hohen Kaminen auf und sagte mir, dass bereits jemand an diesem frühen Morgen die Kachelöfen angefeuert hatte. Bei diesen Temperaturen war das nicht ungewöhnlich. Oftmals liefen sie die ganze Nacht durch, zusätzlich zu der Zentralheizung, versteht sich.

Wann immer ich am Gebäude vorbeikam, staunte ich darüber, wie groß alles geworden war. Dass neben dem riesigen Hauptgebäude mehrere kleine Hütten das Gelände zierten und die Anlage sich immer weiter ausdehnte.

Auch das Freizeitangebot für unsere Gäste war in den letzten drei Jahren rapide gestiegen. Natürlich bot ich zusammen mit Wesley Schlittenfahrten an, das war von Anfang an einer unserer Parts bei diesem Projekt gewesen. Aber mit der Zeit hatte sich das Vergnügungsangebot immer weiterentwickelt.

Unsere Gäste konnten Ski fahren oder mit dem Quad Touren durch die Wildnis drehen; eislaufen auf dem See oder Schneeschuh wandern war ebenso möglich wie klassische Wellnessbehandlungen: Sauna, Spa, Whirlpool. Sogar beheizte Whirlpools auf der

Terrasse wurden den Gästen angeboten.

Ein Bereich, auf den ich besonders stolz war, waren die kleinen Glas-Iglus, in denen die Gäste die wunderschönen Winternächte in Montana genießen konnten.

"Gee", rief ich den Huskys zu und sie bogen nach rechts ab in Richtung meines kleinen Zuhauses, einer nicht allzu großen Hütte. Selbst die Zwingeranlagen, in denen die Huskys lebten, waren geräumiger.

Aber ich brauchte nicht mehr, ich war schließlich, seit ich denken konnte, immer allein.

Okay, ganz so war es nicht. Doch etwa ein halbes Jahr nach dem Tod meines Vaters hatte ich meine erste und einzige feste Freundin verloren.

Seitdem gab es viele lose Bekanntschaften und natürlich unzählige Dates, die in heißen Nächten geendet hatten. Aber eben nichts Festes mehr. Wie auch, hier draußen am Arsch der Welt traf man selten eine Frau, die für diese Art von Leben gemacht war.

Die Huskys hielten von selbst vor meiner Blockhütte, und ich stieg vom Schlitten, nachdem ich die Bremse verankert hatte.

Das Leben hier draußen war rau, wenn man nicht gerade einer der Gäste in diesem riesigen Resort war. Ein Leben, das ich mochte, das ich genoss, das von klein auf *mein* Leben gewesen war. Aber für jemanden, der neu hier hinzukam, war es, so glaubte ich, nicht vorstellbar, was es wirklich bedeutete, mitten in der Wildnis zu wohnen.

Während ich meinen eigenen Gedanken nachhing und mich ein ums andere Mal fragte, ob *ich* so falschlag oder der Rest der Menschheit, spannte ich die Huskys aus. Für mich war das hier perfekt, die Ruhe, der Frieden, die Zeit mitten im Nirgendwo, in der kaum jemand mit mir sprach und ich mich voll und ganz auf mich und meine Arbeit konzentrieren konnte.

Ich konnte mir nicht vorstellen, in einer Großstadt zu leben, umgeben von Tausenden und Abertausenden Menschen, die den ganzen Tag Krach machten und in der es immer schneller, immer höher, immer weiter sein musste.

Immer wieder war ich dankbar für die Möglichkeit, online zu bestellen und nicht in die nächste Stadt fahren zu müssen, um mir neue Klamotten zu kaufen.

Ein Blick auf meine Schuhe bestätigte mir, dass es bald so weit sein würde, und ich dankte Gott dafür, dass die Post mittlerweile bis zu uns ans Resort fuhr. Nicht jeden Tag, aber zumindest regelmäßig, da wir ja auch mit Lebensmitteln und sonstigen Waren für das Resort beliefert werden mussten.

Ich brachte die Bande in den Auslauf und kümmerte mich dann darum, dass alle zu fressen und zu trinken hatten, ehe ich zur Hintertür meiner Blockhütte ging und mir den Schnee von den Stiefeln trat.

Zufrieden mit dem ersten Arbeitsgang an diesem Tag öffnete ich die Holztür und schälte mich aus den vielen Schichten warmer Kleidung, die mich während der ersten Ausfahrt geschützt hatte.

Die Wärme des Feuers prickelte auf meinen eiskalten Wangen und ich schlenderte zuerst ins Badezimmer, um die geschundene Haut einzucremen. Dann ging ich in eins der Nebenzimmer, die an das Wohnzimmer angrenzten, und sah nach Elsa, der Hündin, die schon in Kürze ihre Welpen erwartete.

Sie wirkte unruhig, drehte sich immer wieder im Kreis und hechelte. Es würde nicht mehr allzu lang dauern und die nächste Generation meiner kleinen Huskys würde das Licht der Welt erblicken.

Ich stellte ihr etwas zu trinken und zu fressen bereit, auch wenn mir klar war, dass sie im Moment nichts dergleichen im Sinn hatte. Doch sollte sie zwischendrin einmal Kraft tanken müssen, würde alles zur Verfügung stehen.

Es klopfte an der Tür, und ich runzelte die Stirn, während ich noch einmal über Elsas Kopf strich und dann in Richtung der Eingangstür ging. Ich bekam selten Besuch, und ich mochte es eigentlich auch so.

Durch das kleine Fenster in der massiven Holztür erkannte ich Wesley, der den Schal bis über die Nase gezogen auf der anderen Seite der Tür wartete. Schnell öffnete ich ihm, und er huschte hinein, bevor die Kälte in die Blockhütte zog.

"Guten Morgen", sagte Wesley und ich nickte ihm zu.

"Was willst du schon so früh bei mir?", fragte ich und lächelte ihn an, um die harschen Worte abzumildern.

"Ich war des Weges und wollte ein Versprechen an meine Lilly einlösen."

Eine meiner Augenbrauen wanderte nach oben. "Was will die Kleine denn?"

Wesley grinste. "Ich muss dich unbedingt und sofort fragen, wann sie die Welpen streicheln darf."

Ich lachte auf. "Elsa hat die Welpen noch nicht einmal bekommen."

Wesley zuckte mit den Schultern. "Ich weiß, und ich hab es ihr gesagt, aber sie wollte es mir nicht glauben."

"Ich würde ja sagen, geh zu ihr und mach ein Beweisfoto, aber sie ist bereits in den Vorwehen, und ich denke, die Geburt wird bald losgehen."

Wesleys Grinsen wurde breiter. "Dann will ich euch gar nicht länger stören. Ich sag Lilly Bescheid und auch, dass du dich meldest, sobald Mama und die Babys sich ein bisschen eingelebt haben."

Ich nickte. Wesleys kleiner Nichte konnte ich sowieso nichts abschlagen, außer ihr würde ich niemals so früh jemanden zu den Welpen lassen.

"Hast du alles oder soll ich dir später was vom Abendessen vorbeibringen?"

Ich winkte ab. "Nein, ich hab alles, danke dir."

"Sag Bescheid, falls doch. Wahrscheinlich wird es wieder eine lange Nacht werden, oder?"

"Ich befürchte es." Mein Grinsen wurde ein bisschen wehmütig. Elsa neigte dazu, Geburten bis ins Unendliche zu ziehen.

"Okay, Mann, dann bis später. Meld dich mal. Ich sag den anderen, dass du für heute eher nicht mehr erreichbar sein wirst."

"Danke."

Wir schlugen ein und klopften uns brüderlich auf die Schultern, wie wir es schon seit unseren Kindertagen getan hatten. Dann schlüpfte Wesley wieder hinaus in die Kälte, und ich schloss die Tür schnell hinter ihm, ehe ich in die Küche ging und mir einen Kaffee aufsetzte.

Wesley hatte recht, es würde ein langer Tag und eine lange Nacht werden. Ich sollte mich jetzt schon am besten auf alles einstellen.

Ich freute mich auf das neue Leben, das mein Haus heute bereichern würde, auf all die kleinen Welpen, die sich so unglaublich schnell entwickelten und jeden Tag mehr dazulernten.

Das war mein wundervolles Leben!

ARIA

Meine Beine schmerzten, als ich mich spätabends auf dem Sofa niederließ. Meine Tage waren lang, und eigentlich hatte ich auch nichts dagegen, denn ich liebte meinen Job als Tierärztin in dieser Kleinstadt mitten im Nirgendwo. Ich liebte es, all meine Kunden persönlich zu kennen, die Tiere und ihre Eigenarten.

Was ich allerdings nicht liebte, war, *dass* ich die Tiere so gut kannte, und wenn ich sie schließlich einmal gehen lassen musste, dann tat es mir persönlich auch immer weh.

Genauso schwer war es mir an diesem Abend gefallen, die alte Katze von Mrs. Jonas einzuschläfern. Die kleine Minki war bereits über zwanzig Jahre alt und ihre Nieren hatten schlussendlich den Geist aufgegeben. Das der alten Mrs. Jonas zu sagen und ihr das Letzte, was ihr noch lieb und teuer war, zu nehmen, war eine meiner schwersten Aufgaben an diesem Tag. Eine von denen, die an meinen Nerven zehrte und mich überlegen ließ, ob ich diesen Job wirklich gern machte oder nicht.

An solchen schwarzen Tagen fiel es mir schwer, mich darauf zu konzentrieren, dass es auch die guten Seiten gab, dass ich vielen Menschen und ihren vierbeinigen Freunden helfen konnte.

Mein Telefon klingelte erneut und ich schloss seufzend die Augen. Ich wollte heute nicht mehr, wollte keinen Meter gehen, wollte meine geschwollenen Knöchel auf diesem Sofa lassen und niemanden mehr sprechen.

Aber es klingelte penetrant weiter und weiter, und schließlich zog ich es doch stöhnend aus meiner Hosentasche.

Mr. Peters. Wahrscheinlich wollte er mir wieder sagen, dass sein Hund humpelte, wie ein Hund nun mal humpelte, wenn er dreizehn Jahre alt war und Arthrose hatte. Und ich würde ihm das gleich sagen – wie jedes Mal –, dass er ihn schön warm halten und ihm lieber eine Schmerztablette geben sollte, damit er seinen Lebensabend so schön wie möglich verbringen konnte.

Aufstehen würde ich deswegen aber noch lange nicht.

Ein kleines Lächeln zuckte an meinen Mundwinkeln, als Mr. Peters selbst aufgab und nur noch ein Anruf in Abwesenheit auf meinem Display stand. Sollte er nicht wieder anrufen, wusste ich, dass sich das Thema mit meiner nicht ausgesprochenen Ansprache an ihn von selbst erledigt hatte. Wahrscheinlich hatte er sich einfach daran erinnert, was für Anweisungen ich ihm das letzte Mal in diesem Fall gegeben hatte.

Ich legte das Handy auf meinen nicht so flachen Bauch. Ganz anders als die Modelmädchen heutzutage. Im Allgemeinen war ich ziemlich gut gebaut, wie meine Grandma es immer gesagt hatte. Rundlich, mit vollen Backen und Kleidergröße XL. Aber es störte mich nicht. Genauso wenig wie alle anderen Menschen in meinem Leben. Wie auch, es gab da eigentlich nur meine Kunden und eine Handvoll Leute, die ich als meine Freunde bezeichnen würde.

Nichts Festes, kein Partner, der mir sagen würde, dass ich ihm nicht so passe, wie ich bin. Und selbst wenn, dann würde ich ihm wohl den Weg zur Tür zeigen, anstatt mich für ihn zu verstellen.

Ich fühlte mich wohl in meiner Haut und hatte kein Bedürfnis, irgendetwas an mir zu verändern. Ich war ja morgens schon zu faul, zu ein wenig Schminke und Mascara zu greifen. Meine wilden dunklen Locken zu einer annehmbaren Frisur zu bändigen, war das einzige Zugeständnis an mein ansonsten vollkommen natürliches Äußeres.

Ich stöhnte auf, als mein Handy erneut klingelte, und ich befürchtete, dass Mr. Peters nicht so schnell aufgeben würde und es schlussendlich schaffen würde, dass ich noch einmal von meinem gemütlichen Sofa aufstand.

Doch als ich mein Handy anhob, sah ich eine Nummer, mit der ich absolut nicht gerechnet hätte. Jemanden, der lieber in die Großstadt fuhr, um dort seine Medikamente, Wurmkuren und Impfungen zu holen, als sich bei mir persönlich zu melden. Jemanden, der schon vor sehr, sehr langer Zeit aus meinem Leben verschwunden war.

Hudson Scott. Meine erste große Liebe. Der Mann, der mir als Erster und Einziger das Herz gebrochen hatte.

Allein seinen Namen zu lesen, sorgte dafür, dass mein Magen sich verkrampfte. Er hatte mir wehgetan – und zwar richtig.

Er hatte, als ich meinen Traum leben wollte und mein Studium in Seattle begonnen hatte, einfach so mit mir Schluss gemacht. Hatte alle unsere Zelte abgebrochen und sich in diese kleine Hütte am Wald verkrochen.

Zwischen uns hatte es nie wirklich eine Aussprache gegeben. Und selbst als ich mein erstes Semester absolviert hatte und im darauffolgenden Winterurlaub nach Hause gekommen war, hatte er mich fast durchgehend gemieden.

Die einzige Erklärung, die ich jemals von ihm bekommen hatte, war ein simples "Eine Fernbeziehung funktioniert nicht", er wollte das nicht, und er wollte eine Frau, die an seiner Seite war.

Ich fand es zum Kotzen. Er hatte es einfach so entschieden, einfach so für mich gewählt und mir nicht einmal die Chance gelassen, eine eigene Entscheidung zu treffen. Es war nicht so, dass ich wirklich zwischen ihm und meiner Karriere gewählt hätte … Oder doch?

Es war müßig, darüber nachzudenken. Hudson hatte mich von heute auf morgen aus seinem Leben gestrichen. Übrig geblieben war dieses kleine, pummelige Mädchen mit dem gebrochenen Herzen, das eigentlich schon vorher gewusst hatte, dass es nicht die richtige Frau für Hudson Scott war.

Hudson war ein Traummann durch und durch. Er könnte auf dem Coverblatt einer GQ sein mit seinem finsteren Blick, den dunklen Haaren und dem markanten Kiefer. Mit seiner schon immer absolut athletischen Figur, die durch seine Zeit als aktiver Eishockeyspieler nur noch begünstigt worden war, war er das Ebenbild des perfekten Mannes. Für mich der sexiest man alive.

Und während ich meinen Gedanken nachhing und seinen Namen auf meinem Display anstarrte, als wäre ich vollkommen auf ihm hängen geblieben wie auf einem schlechten Crystal-Meth-Trip, hörte das Klingeln auf, und ich war beinahe enttäuscht, dass er so schnell aufgab.

Genauso schnell wie unsere kurze Beziehung damals, als wir gerade volljährig geworden waren.

Natürlich könnte man jetzt sagen, ich müsste doch Verständnis haben, schließlich hatte er doch gerade erst seinen Vater verloren und war dort allein, mitten in Montana, mit dieser riesigen Husky-Zucht.

Andererseits, als er damals alles verloren hatte, hätte er mich nicht von sich stoßen müssen. Er hätte seine Zelte in Montana abbrechen können statt unsere Beziehung. Er hätte mit mir in Seattle leben können, hätte dort eine Ausbildung zu was auch immer machen können und sich ein völlig neues Leben fernab dieser Wildnis aufbauen.

Mein Telefon klingelte wieder, ich runzelte die Stirn, als erneut Hudsons Name auf meinem Display erschien.

Es musste dringend sein – definitiv.

Denn Hudson Scott rief mich nicht an, niemals.

Er hatte mich nicht mehr angerufen, seit er damals mit mir Schluss gemacht hatte. Hudson war nicht der Typ, der mit mir reden wollte.

Nie wieder.

Wenn er jetzt also seine Zähne zusammenbiss, dann hieß das, dass etwas wirklich Schlimmes passiert war. Und das bedeutete, dass ich meine Füße schon mal vom Sofa nehmen konnte.

Ich setzte mich auf, drückte auf Annehmen und sagte: "Hudson."

Einen Moment war es still, und in dieser Stille klopfte mein Herz so laut, dass es fast schon lächerlich war. Hudson rief schließlich nicht an, um ein Date mit mir auszumachen, sondern um mir irgendein Problem aufzuhalsen, das ich ganz bestimmt nicht haben wollte.

"Aria", sagte er mit dieser rauen Stimme, die sofort Schauer über meinen ganzen Körper laufen ließ. "Ich brauche deine Hilfe."

Dass ich mir das schon gedacht habe, sagte ich nicht. Aber ich nickte, als wäre ich vollkommen plemplem, als würde er mich sehen können, bis mir schließlich auffiel, was ich da tat, und daraufhin sagte: "Natürlich, um was geht's?"

"Meine Hündin Elsa bekommt ihre Welpen. Die

ersten drei sind bereits auf der Welt, aber jetzt geht nichts mehr."

"Ist ihr die Kraft ausgegangen?"

"Ich weiß es nicht", sagte er und klang wirklich mitgenommen.

"Okay, dann packe ich vorsichtshalber noch ein bisschen Oxytocin ein und bin in einer halben Stunde bei dir."

Einen Moment schwieg er, dann stieß er ein raues "Danke" hervor.

Ein Danke, das dafür sorgte, dass mein Herz ein bisschen schneller schlug, denn Hudson klang wirklich verzweifelt, und das war er nie. Er war nicht einmal verzweifelt gewesen, als wir seinen Vater beerdigt hatten. Er hatte damals neben mir gestanden, hoch aufgerichtet, ein Mann, den nichts aus der Ruhe brachte.

Dann hörte ich ein Freizeichen ohne jegliche Verabschiedung. Aber es war mir egal, denn ich wusste, dass Hudson gerade einfach nur sein Programm abspielte.

Einen Moment lang starrte ich noch auf mein Handy und ließ die wenigen Worte, die Hudson zum gefühlt ersten Mal seit dreizehn Jahren mit mir gesprochen hatte, Revue passieren.

Es war ein wirklicher Notfall, und ich stellte mich

auf mehr ein, als Hudson mir gesagt hatte. Also stand ich auf, ging in meinen Vorratsraum und packte das große Sortiment zusammen.

Nicht nur etwas, was Elsa ein bisschen aufrichten würde und ihr die Kraft für den Rest der Geburt geben würde, sondern das volle Programm. Das mobile Röntgengerät und ein kleines OP-Set. Alles, was ich würde brauchen können.

In Seattle wäre das ziemlich schnell zu einem Fall geworden, den man einfach so in die kooperierende Klinik verwies, aber hier in Montana, mitten im Nirgendwo, gab es keine Tierkliniken. Die nächste Klinik war weit genug entfernt, dass jeder Notfall bis dorthin verstorben wäre.

Deswegen hatte ich gelernt, unter widrigen Bedingungen zu operieren und mit Helfern, die eigentlich keine Helfer waren. Aber zur Alternative stand nur, dass das jeweilige Tier starb, also hatte ich mir wohl oder übel diese Fähigkeiten aneignen müssen.

Als ich alles gesammelt und in mein Auto verladen hatte, warf ich zum ersten Mal seit … ich weiß nicht wie vielen Jahren einen Blick in den Spiegel, bevor ich das Haus endgültig verließ.

Ich sah müde aus und abgekämpft, meine Locken waren zu einem unordentlichen Knoten oben auf meinem Kopf zusammengebunden.

Meine Kleidung war dreckig vom Tag, aber ich hatte jetzt keine Zeit, mich umzuziehen. Warum auch, Hudson hatte kein Interesse an mir. Es gab keinen Grund dafür, mich für ihn schick zu machen.

Überhaupt keinen.

Außer mein kleines dummes Herz, das bei dem Gedanken, ihn wiederzusehen, ein bisschen schneller schlug.

Wenige unpersönliche Worte und ich war innerhalb von Minuten wieder dieses unsichere Pummel-Mädchen und nicht die knallharte Tierärztin, zu der ich in den letzten Jahren geworden war.

Das schaffte definitiv nur Hudson Scott!

HUDSON

Ich starrte auf das Telefon und konnte nicht fassen, dass ich gerade mit Aria telefoniert hatte.

Es hatte keine andere Wahl gegeben, Elsa ging es schlecht. Sie sah sehr mitgenommen aus und die Chance, dass sie es allein schaffen würde, war von Stunde zu Stunde, die verging, bis hin zu null gesunken. Ich war mir nicht einmal sicher, ob die Welpen, die sie jetzt in sich trug, überhaupt noch lebten.

Vielleicht hatte ich zu lang gewartet, vielleicht hätte ich Aria viel früher anrufen müssen oder wäre einfach schon am Nachmittag nach Montana in die nächste Tierklinik gefahren.

Ja, die Fahrt wäre lang gewesen und es wäre eine Zumutung für Elsa und die lebenden Welpen gewesen, aber nun war es zu spät. Es gab keine Überlegung mehr, denn ich war mir ziemlich sicher, dass, wenn Aria Elsa nicht helfen konnte, sie diese Nacht nicht überleben würde.

Bei diesem Gedanken verkrampfte mein Herz, denn Elsa war eine der ersten Hündinnen, die ich selbst gezogen hatte. Sie war eine großartige Mutter und Zuchthündin. Von ihrer Arbeit am Schlitten einmal ganz abgesehen. Ich wollte sie nicht verlieren und erst recht nicht, weil ich einfach zu stur gewesen war, um Aria früher anzurufen.

Okay, vielleicht war es nicht nur Sturheit, sondern auch ein großer Teil aus unserer gemeinsamen Vergangenheit. Dennoch, ich hätte über meinen Stolz hinwegsehen müssen, hätte sie anrufen und um Hilfe bitten sollen, bevor es meiner Hündin so schlecht ging. Ich streichelte über den weichen Kopf, sah in die gequält dreinblickenden Augen, und es brach mir das Herz, zu wissen, dass all das meine Schuld war.

"Sie kommt bald … sie kommt bald", murmelte

ich und war mir nicht sicher, ob ich es für Elsa oder für mich immer wieder wiederholte, wen von uns beiden ich zu beruhigen versuchte.

Ich rechnete es Aria hoch an, dass sie ohne zu zögern kommen würde. Ganz egal, was zwischen uns vorgefallen war, sie hatte nicht einen Moment lang überlegt, mich dafür zu bestrafen und meine Hündin nicht zu behandeln.

Nachdem ich ihr alle Fakten aufgezählt hatte, sagte sie sofort, dass sie kommen und uns helfen würde. Wenn einer diese beschissene Situation noch retten konnte, dann würde es sie sein, da war ich mir sicher.

Aria war unglaublich kompetent, berichteten meine Freunde und die Nachbarn. Ich wusste, wie vielen Tieren sie bereits geholfen hatte und dass ich mich auf ihr Können hundert Prozent verlassen konnte.

Das hätte ich auch gedacht, ohne dass es mir jemand gesagt hätte, denn Aria war schon immer der Typ, der – ganz egal, wie schwer eine Situation war – nicht aufgab. Sie biss sich durch und eignete sich so viel Wissen und Können an, bis sie alles, was in ihrer Macht stand, tun konnte.

Eigentlich war sie das absolute Gegenteil von mir, der gern den Kopf einzog, wenn es schwierig war. Ich war der Typ, der sich dann in sich zurückzog und versuchte, alles mit sich selbst auszumachen. Der Eigenbrötler, der niemals um Hilfe bat, der niemals mehr Wissen, Informationen und Können anhäufte, als er schon von seinen Eltern in die Wiege gelegt bekommen hatte.

Aria war definitiv der bessere Mensch von uns beiden. Sie war so intelligent und diszipliniert, dass sie quasi alles hätte aus ihrem Leben machen können. Ganz im Gegensatz zu mir, der einfach nur hier dasaß und mit dem Erbe und ein bisschen Talent eine Hundezucht am Laufen hielt. Zumindest so lang, bis es zu echten Problemen kam und ich diese dann in noch größere Probleme verwandelte, weil mein Stolz mir einfach im Weg stand.

Aber so war ich nun mal. Stur und nachtragend.

Bis heute hatte ich ihr nicht verziehen, dass sie mich damals verlassen hatte. Dass sie in einer der schwersten Zeiten meines Lebens in eine andere Stadt gezogen war, um dort ihren eigenen Träumen nachzugehen, statt mit mir hier mitten im Nirgendwo zu versauern.

Ich weiß nicht, wie ich ihr das vorhalten konnte. Weder damals noch heute. Doch mein Herz fühlte sich von ihr verraten. Noch immer.

Vor meinem inneren Auge erschien ein Bild von ihr. Meine Ari, wie sie damals war, mit den runden Wangen, die sich immer so süß nach oben zogen, wenn sie lächelte, wie sie es so oft tat. Aria war ein glücklicher Mensch, der in allem immer das Positive sah. In jedem Menschen, jedem Tier, jedem Schicksalsschlag.

Sie hatte es schon zu unserer Schulzeit geschafft, mich lächeln zu lassen, obwohl mein Leben sich irgendwie beschissen anfühlte.

Aria war mein Licht, die Eine, die mein Leben besser machte. Bis sie es vollkommen zerstörte.

Ich presste die Kiefer aufeinander bei dem Gedanken daran und schüttelte diesen so schnell es ging wieder ab. Ich musste mich auf Elsa konzentrieren, auf die kleinen Welpen, die meine Hilfe brauchten, und ich musste mich mental dafür rüsten, die erste und letzte Liebe meines Lebens wiederzusehen.

Warum die letzte?

Das war ziemlich eindeutig. Ich konnte hier, mitten im Nirgendwo, keine Frau finden – und erst recht keine, die ich wollte, die in mein Leben passte, die so vollkommen perfekt wie Aria war.

Und ganz gleich, wer da noch kommen würde, es stand außer Frage, dass ich sie immer mit meiner ersten großen Liebe vergleichen würde. Und da neben ihr jede andere keine Chance hatte, brauchte ich es gar nicht erst zu versuchen.

Pessimistisch?

Wahrscheinlich, aber ich kannte mich einfach zu gut und war nicht stark genug, um gegen diese Dämonen in mir anzukämpfen. Ich war eben keine Aria, die sich gegen alle Aussichten etwas in den Kopf setzte und es dann sogar mit Bravour schaffte. Ich war nicht so stark wie sie, ich war im Gegensatz zu ihr ein schwächlicher Mann, der sich auf dem ausruhte, was er hatte.

Kein Wunder also, dass Aria fortgegangen war, anstatt bei mir zu bleiben und sich dieses Elend für den Rest ihres Lebens anzusehen.

Wieder schüttelte ich den Gedanken ab, es ging hier um Elsa. Es ging nicht um mich und um Aria und um unsere Vergangenheit oder die nicht existente Zukunft.

Es ging um Elsa, es ging darum, meine Hündin zu retten und ihr zu geben, was ich ihr schon viel früher hätte geben müssen. Meine Elsa, die nicht verdient hatte, dass ich sie so leiden lasse. Und auch nicht die kleinen Welpen, die dort vielleicht noch in ihrem Bauch schlummerten. Die schon so viel früher Hilfe gebraucht hätten, und ich konnte nur hoffen, dass ich ihnen damit nicht ihr Leben geraubt hatte.

Für einen Moment schloss ich die Augen und betete still dafür, dass alles gut werden würde, dass Aria mir den Arsch retten würde.

In diesem Augenblick hasste ich mich selbst für meinen Stolz, der mir immer im ungünstigsten Zeitpunkt im Wege stand.

ARIA

Ich war müde, hundemüde, und ich hatte ganz bestimmt keine Lust, in meinem desolaten Zustand ausgerechnet Hudson Scott unter die Augen zu treten. Aber ich hatte keine Wahl. Er hatte mich um Hilfe gebeten, und wenn Hudson Hilfe brauchte, dann war es wohl wirklich ernst.

In all den Jahren, in denen ich hier als Tierärztin arbeitete, hatte er mich kein einziges Mal um Hilfe gebeten.

Nichts.

Niemals.

Also musste das ein wirklicher Notfall sein, weshalb ich schneller, als es erlaubt war, über die Straßen raste und schließlich vor seiner Blockhütte zum Stehen kam.

Einige der Hunde bellten, als ich den Wagen abstellte und ausstieg. Doch ich war mir sicher, dass

Hudson ohnehin schon gewusst hatte, dass ich kommen würde. Schließlich hatte er auf mich gewartet.

Dennoch überraschte es mich, wie schnell die Tür aufflog und Hudson im Türrahmen erschien.

Ich konnte sein Gesicht nicht sehen, denn es war dunkel und er von hinten beleuchtet, als wäre er ein Dämon, der direkt aus der Hölle stieg.

Vielleicht hatte ich diese Assoziation aber auch nur, weil er mein Dämon war. Der eine Kerl, der mir nie im Leben aus dem Kopf gehen würde.

Ich schüttelte über meine wirren Gedanken selbst den Kopf und griff dann hinein in mein Auto, um meine Notfalltasche herauszuholen. Als ich mich wieder aufrichtete, sah ich, dass Hudson die Stufen zu seiner Veranda herunterkam, und im ersten Moment war ich erschrocken, als ich sein Gesicht sehen konnte. Er sah unglaublich abgekämpft aus. Schatten lagen unter seinen Augen und er schien sich wirklich Sorgen zu machen.

"Hudson, hi", quiekte ich.

Sein Gesichtsausdruck wurde nur ein wenig grimmiger und er mied meinen Blick.

"Gut, dass du da bist. Ich brauche wirklich deine Hilfe", antwortete er mit rauer Stimme, die mir sofort Schauer über den Rücken laufen ließ.

Eine Stimme, die mich schon damals in den

Wahnsinn getrieben hatte. Die nach dreckigem Sex klang und endlosen Nächten, in denen er mir Komplimente ins Ohr raunte, die völlig übertrieben waren. Nächte, die mich meinen Verstand gekostet hatten und die mich noch heute daran erinnern, dass kein anderer Mann jemals an ihn heranreichen würde.

"Kann ich dir was tragen helfen?", fragte er und nahm die Hände aus den Jackentaschen, als bräuchte er dringend etwas zu tun.

Ich nickte, ging zur Fronttür des Wagens und reichte ihm eine Kiste mit Utensilien, von denen ich dachte, wir würden sie auf jeden Fall brauchen. Unter anderem ein kleines mobiles Röntgengerät, mit dem ich dann kontrollieren konnte, ob noch Welpen in der Hündin verblieben waren.

Sogar unter seiner leichten Jacke erkannte ich, wie verdammt gut Hudson gebaut war. Die breiten Schultern, der massive Bizeps, der ausgeprägte Brustkorb, an den ich mich so gerne gelehnt hatte.

In meinen Gedanken konnte ich quasi noch fühlen, wie er sich unter meinen Fingern aufwölbte bei jedem einzelnen seiner tiefen Atemzüge. Meine Finger prickelten bei der Erinnerung daran, wie sein Herz in seiner Brust gerast hatte, nachdem wir beide erschöpft nebeneinander im Bett lagen.

Energisch schüttelte ich den Kopf, um die Gedanken loszuwerden. Er hatte mich nicht eingeladen, um über all das zu reden oder es wieder aufzurollen oder was auch immer. Ich war hier, weil er meine Hilfe brauchte – ernsthaft brauchte.

Schnellstmöglich musste ich mir alles andere aus dem Kopf schlagen.

Ein Blick auf ihn hatte mich außerdem daran erinnert, warum das zwischen Hudson und mir niemals hatte gut gehen können. Denn mal ernsthaft: Hudson war eine Zehn von zehn auf der Skala für heiße Männer.

Und ich?

Vielleicht eine Vier. Aber das auch nur, wenn ich die Molligen-Wertung nahm.

Hudson hatte definitiv Potenzial, zu einem Supermodel zu werden. Zum sexiest man alive oder was auch immer. Zumindest der sexiest man meines Lebens.

Und ich war das kleine, pummelige Mädchen von nebenan, wie dieses dicke Einhorn, das immer Cookies fraß.

Ich grinste über meine eigenen Gedanken, packte mir dann die letzte Tasche, schulterte sie und folgte Hudson nach drinnen.

"Erzähl mir, was passiert ist", forderte ich und suchte seinen Blick, aber Hudson mied ihn noch immer, beschäftigte sich eingehend mit der Kiste, die er auf dem Esstisch abgestellt hatte.

"Temperaturabfall war bereits gestern Abend, und heute früh war sie ganz unruhig, als ich von meiner Tour zurückkam", sagte er und breitete die Utensilien auf dem Tisch aus.

"Gegen frühen Nachmittag sind die ersten drei Welpen in Abständen von zehn, vierzehn und dreizehn Minuten gekommen. Ein Rüde, zwei Hündinnen, alle gesund – seitdem nichts."

Ich nickte, aber nachdem er mich nicht ansah, sagte ich: "Okay, das heißt, sie stecken jetzt seit …"

"Ich denke, so gegen vier? Es ging nichts voran, nichts weiter, ich wollte ihr noch Zeit lassen." Er rieb sich über die Stirn und sah wirklich mitgenommen aus. Er schien sich Vorwürfe zu machen, obwohl es dafür keinen Grund gab. Die Natur war eben die Natur, und Dinge passierten.

"Okay, das ist eine lange Zeit", sagte ich und deutete dann auf das Nebenzimmer, von dem ich wusste, dass dort ein Kamin stand, weil es schon früher so war, als Hudson hier noch mit seinem Vater gelebt hatte.

Hudson räusperte sich und deutete auf den Durchlass. "Bitte, Elsa ist erschöpft, sie wird keine Probleme machen."

Ich nickte ebenfalls und ging dann nach drüben. Die Hündin sah wirklich abgekämpft aus; sie ließ die Welpen trinken, aber alles in allem wirkte sie schwach, fast schon apathisch.

"Hast du nachgesehen?", fragte ich.

"Ja, aber ich komme nicht richtig hin. Ich fühle das Beinchen, aber es bewegt sich nicht."

Auch ich nickte. Dann machte ich mich an die Arbeit und versuchte, ob ich den kleinen toten Welpen, der anscheinend den Geburtskanal blockierte, herausbringen würde. Aber ich hatte keine Chance. Er saß so blöd davor, dass ich ihn nicht drehen konnte. Ich hätte ihm maximal ein Bein abgerissen und das hätte die Geschichte nicht besser gemacht.

Seufzend lehnte ich mich zurück, zog die Gummihandschuhe aus und rieb mir über die Stirn. Dann kniff ich mir mit Daumen und Mittelfinger in die Nasenwurzel und überlegte, welche Worte ich dafür finden konnte, was ich jetzt sagen musste.

"Sag es einfach", murmelte Hudson. "Ich hab es versaut, sag es einfach."

"Du hast gar nichts versaut", antwortete ich und blickte zu ihm auf. Zum ersten Mal trafen sich unsere Blicke, und der Schmerz und die Wut und die Hilflosigkeit in seinem Blick sorgten dafür, dass mein Magen sich verkrampfte.

Energisch schüttelte ich den Kopf. "Du kannst nichts dafür." Jetzt war keine Zeit für Selbstvorwürfe, sondern Zeit zu handeln.

"Ich hätte früher anrufen müssen, ich hätte nach Montana fahren können", stieß er aufgebracht hervor.

Ich stand auf und griff nach seiner Hand. Erst dachte ich, er würde sie mir entziehen, aber dann starrte er nur darauf, als wäre ich ein Fremdkörper, der ihn gerade angriff. Aber ich drückte seine Hand, bis ich seine Aufmerksamkeit hatte, denn es war wichtig, dass er das verstand.

"Es ist alles in Ordnung, Hudson. Du hast es richtig gemacht und es hätte auch einfach noch seine Zeit dauern können. Und jetzt", ich drückte seine Hand erneut, "jetzt müssen wir diese Welpen retten."

Er nickte und sagte nichts mehr, starrte einfach nur weiter auf unsere Hände, die einander berührten. Dieses vertraute Gefühl seiner Haut an meiner durchzog meinen Körper innerhalb von Sekunden, verbreitete sich wie ein Lauffeuer durch meine Adern und sorgte dafür, dass mein Herz schneller schlug.

Dummer, dummer Körper! Als würde das hier irgendetwas bedeuten, außer dass ich einem meiner Kunden half, wie ich es so oft tat.

Schließlich ließ ich seine Hand los, mehr, weil ich mich sammeln musste vor dem, was jetzt kommen würde, als dass ich die Berührung wirklich beenden wollte.

Im Gegenteil, ich wollte mich ihm an den Hals werfen, ich wollte ihn erneut an mir spüren und wusste doch zugleich, dass das nie wieder passieren würde.

Nicht ich, die Pummel-Vier. Hudson, die Zehn, hatte etwas Besseres verdient und er hatte es einfach nur früher erkannt als ich.

Ich drehte mich um und ging zu meinen Utensilien, fing an, die Not-OP-Sets aufzurollen, während ich Hudson Anweisungen gab.

"Wir brauchen heißes Wasser, und wir müssten dafür sorgen, dass das OP-Umfeld einigermaßen steril ist. Hier sind Mittel, um alles zu sterilisieren, bevor wir die Abdeckung schaffen."

Ich fing an zu arbeiten und fragte dann: "Hast du sie vorher röntgen lassen? Weißt du, wie viele Welpen noch drin sind?"

Er schüttelte den Kopf. "Nein, normal regelt das doch alles die Natur. Es war mir egal, ob und wie viele Welpen sie hat."

Ich nickte, das hatte ich mir fast schon gedacht.

"Okay, ich bin dafür, dass wir erst mal nachgucken, wie viele Welpen noch in ihr sind. Vielleicht ist es nur dieser eine Tote, dann können wir die Narkose anders dosieren."

Hudson nickte.

Ich baute das mobile Röntgengerät auf, und er sorgte dafür, dass Elsa sich darauflegte.

"Hm, noch sechs", sagte ich, nachdem wir das Röntgen geschossen hatten.

"Okay, wir gucken mit Ultraschall schnell drauf, ob noch Herzschläge vorhanden sind", sagte ich dann und fing wieder an zu arbeiten.

Wir beide, Hand in Hand. Jeder Handgriff saß, und Hudson schien fast schon zu erraten, was ich brauchte, was ich benötigte, und konnte sich zugleich ganz wundervoll um Elsa kümmern. Die die ganze Prozedur klaglos über sich ergehen ließ.

Schließlich mussten wir sie in Narkose legen und packten sie auf das improvisierte Operationsfeld. Dann musste alles ganz schnell gehen. Die Herzschläge der Welpen waren zu hören, aber ich wusste nicht, wie lang sie noch durchhalten würden. Das ganze Prozedere ging schon viel zu lang und auch die Narkose war einfach schlecht für die kleinen Organismen.

Hudson half mir besser als jeder andere, der jemals so mit mir zusammengearbeitet hatte. Stück um Stück kämpften wir uns durch, beförderten einen lebenden Welpen nach dem anderen hervor und schließlich auch den toten kleinen Rüden, den ich gleich zur

Seite legte, damit wir uns besser um die anderen kümmern konnten.

Wir rubbelten sie wach, denn sie waren ein wenig angeschlagen von der Narkose, von dem Valium, das nun auch langsam ihre Körper erreicht hatte. Diesen Auftrag gab ich Hudson, während ich mich daranmachte, die Hündin so schnell wie möglich wieder zu verschließen.

Es war nicht optimal und wir hätten eigentlich noch mindestens zwei weitere Hände gebraucht, einen ordentlichen OP und eine OP-Schwester, die mir mit allem half. Aber all das gab es nicht mitten in der Wildnis und wir mussten improvisieren und das Beste daraus machen.

Ob das alles richtig so war? Nein, sicher nicht. Aber wir hatten keine Wahl. Zumindest keine, die zur Option stand. Denn in jedem anderen Fall würden Elsa und die noch verbliebenen Welpen mit Sicherheit sterben. Ein Transport in eine Klinik würden sie auf keinen Fall überleben.

Ich setzte die letzte Naht so, dass der Faden innen liegend blieb, damit die Welpen später mit ihren kleinen Krallen nicht die Naht aufreißen konnten. Und als Elsa langsam wieder aufwachte, trugen wir sie zu der kleinen Wurfkiste in der Nähe des Feuers, damit sie warm blieb und sich von der Narkose erholen konnte.

Die Welpen legten wir an, ermunterten sie dazu, zu saugen, auch wenn sie noch ein bisschen mitgenommen von der Narkose waren.

Wir sorgten dafür, dass alle warm blieben, dass alle trocken waren. Auch Elsa legten wir zusätzlich eine Decke um. Dann setzten wir uns zu der frisch gebackenen Familie, beobachteten, wie Elsa immer mehr zu sich kam und ganz langsam begann, die Welpen zu schlecken, die ihr erst später geschenkt wurden.

Gott sei Dank nahm sie sie alle an und machte keine Probleme. Sie kümmerte sich rührend um die kleinen Mäuse, und auch Hudson war der beste Hundepapa, den man sich vorstellen konnte. Er streichelte Elsa und murmelte ihr beruhigende Worte zu, währenddessen er immer darauf achtete, dass die kleinen Welpen eine Zitze fanden.

Hudson schien irgendwie in dieser Welt gefangen zu sein, sah nur noch Elsa und die kleinen Wesen, war fast schon weggetreten.

Also gab ich ihm diese Momente, ließ ihn mit der Hündin allein und baute mein improvisiertes OP-Feld ab, entsorgte den Müll und beseitigte all die größeren und kleineren Flecken.

Leise trug ich Kiste um Kiste, Tasche um Tasche nach draußen in mein Auto und ging dann ein letztes Mal zurück in das kleine Wohnzimmer. Hudson saß noch immer da und streichelte der Hündin über den Kopf, die mittlerweile wieder eingeschlafen war. Auch die Welpen waren nun ruhig und schliefen.

Die ganze Familie war erschöpft, und ich konnte es ihnen nicht verübeln, das hier war wirklich ein Horrortrip, und ich konnte nur hoffen, dass Elsa meine Operation unter suboptimalen Bedingungen gut wegsteckte.

"Ich hab dir Schmerzmittel und Antibiotika dagelassen", sagte ich leise, und Hudsons Kopf ruckte nach oben, als hätte er gar nicht mehr damit gerechnet, meine Stimme zu hören. Sein Blick fand meinen, rastete geradezu ein, und es dauerte einen Moment, ehe er nickte.

"Okay. Danke."

Ich nickte ebenfalls. "Natürlich, Hudson, immer. Und das nächste Mal darfst du mich gerne früher anrufen."

Er wich meinem Blick aus, und ich war mir sicher, dass er sich selbst genug dafür bestrafte, sich nicht früher gemeldet zu haben.

Stoisch sah er auf Elsa hinunter und nickte wieder. "Ja, viel früher."

"Okay, ich fahr jetzt nach Hause. Bitte ruf mich morgen früh an, und sag mir, wie es ihr und den Welpen geht. Und natürlich auch früher, wenn heute

Nacht irgendwas ist. Sollte dir irgendetwas seltsam vorkommen, bitte, Hudson, ruf sofort an."

Er nickte und presste die Kiefer aufeinander, als würde er das hier als eine Standpauke einstufen. Aber die war es nicht, ich wollte nur einfach nichts riskieren.

"Dieses OP-Umfeld war nicht ideal und die Bedingungen, unter denen ich diesen schweren Eingriff vornehmen musste, erst recht nicht." Ich wollte einfach, dass ich im Notfall so schnell wie möglich da war und ihm sein Stolz nicht wieder im Wege stand. Also musste er da jetzt durch.

"Gute Nacht, Hudson", murmelte ich und trat einen Schritt zurück. Da sah er noch einmal auf, und wieder trafen sich unsere Blicke.

"Danke", sagte er, und dieses eine Wort war so tief, so voller Inbrunst und so ernst gemeint, wie ich selten einen Dank erlebt hatte. Ich nickte nur, nahm seine unausgesprochene Entschuldigung an und den Dank, der nicht nur in seinem Wort, sondern auch in der Art, wie er es sagte, in seinen Augen, in seinem ganzen Körper stand, wortlos entgegen. Es gab nichts, was wir beide sagen konnten … oder besser gesagt gab es *zu viel*, was wir sagen *sollten*, und es würde wohl niemals genug Zeit oder Gelegenheit geben, um all das zwischen uns zu klären.

Für mich nicht.

Für ihn schon.

Für ihn gab es kein *Uns* mehr. Er hatte mich ja sogar so weit aus seinem Leben gestrichen, dass er mich nicht einmal heute hatte dahaben wollen. Deswegen ging ich jetzt, drehte mich um und sah nicht zurück. Ich musste raus aus diesem Haus, das ich so gut kannte. Weg von diesem Mann, der mich mein ganzes Leben begleitet hatte.

Die kühle Luft um meine Nase tat mir gut, und meine Gedanken klärten sich ein bisschen, als ich nicht mehr so völlig umgeben von Hudson war … von seinem Geruch und seiner Präsenz.

Tief durchatmend ging ich die Stufen der Veranda nach unten, setzte mich auf den Fahrersitz und startete den Motor des alten Dodge RAM. Dann parkte ich aus, steuerte den Wagen zurück auf die schmale Hauptstraße und mein Herz wurde schwer mit jedem Meter, den ich mich weiter von Hudson Scott entfernte.

Es fühlte sich falsch an, und alles in mir schrie, ich sollte umdrehen und zurückfahren, bei ihm bleiben, an seiner Seite, für immer.

Innerlich lachte ich auf. Als wäre das eine Alternative, schließlich wäre ich für immer bei ihm geblieben, wenn er mich hätte bei sich haben wollen.

Doch diese Zeiten waren lange vorbei, und dieser Abend hatte das klarer gemacht, als jedes Wort es hätte tun können. Wie viel deutlicher konnte er es denn noch machen, dass er mich nicht in seinem Leben haben wollte?

Hudson hatte mich von seiner Agenda gestrichen, und das sollte ich doch nach all diesen Jahren verstanden haben.

KAPITEL 2

HUDSON

Ich war verdammt müde an diesem Morgen, was zu hundert Prozent daran lag, dass ich so gut wie überhaupt nicht geschlafen hatte.

Wie auch? Ich war ständig in Sorge um Elsa und um die Welpen. Vor allem, weil diese immerzu schrien und viel unruhiger waren als die Würfe, die ich in den Jahren davor gehabt hatte.

Aria hatte mich vorgewarnt, hatte mir gesagt, dass es dazu kommen könnte, weil die Welpen das Valium in ihren kleinen Organismen nicht gut verarbeiten konnten.

Aria. Sofort wanderten meine Gedanken wieder zu ihr, zu dieser Frau, die so unfassbar kompetent und geschickt gearbeitet hatte. Jeder Handgriff hatte gesessen, und ich hatte bewundernd festgestellt, wie gut sie wirklich in ihrem Job war.

Natürlich war mir immer klar gewesen, dass alles, was Aria anpackte, zu einhundert Prozent Hand und Fuß haben würde. Aber sie so live und in Action zu sehen, war noch mal eine ganz andere Hausnummer. Es bestätigte mir unglaublich, wie wundervoll ihre Arbeit war und dass das wirklich ihre Passion war, ihr Talent, das sie niemals hätte verschwenden dürfen. Das sie nicht verschwendet hatte. Gott sei Dank war sie nicht bei mir geblieben und hatte meiner Bitte nachgegeben, anstatt in die Stadt zu gehen und zu studieren. Ihr Talent wäre vergeudet gewesen, definitiv. Denn das, was sie gestern mit ihren kleinen Händen gemacht hatte, war nicht viel weniger als Zauberei.

Ich hatte kaum noch daran geglaubt, dass wir Elsa oder die Welpen durchbekommen würden. Schon gar nicht unter diesen widrigen Bedingungen. Und dann war sie da, meine Aria, und hatte wieder einmal die Welt gerettet. Meine Welt, wie sie es so oft getan hatte.

Aber halt, Stopp, sie war nicht mehr meine Aria. Schon seit siebzehn Jahren war sie das nicht mehr. Seit der Zeit, in der sie nach Seattle gegangen war und dort andere Menschen, andere Männer kennengelernt hatte. Männer, die so viel besser waren als ich, die sie so viel mehr verdient hatten als ich.

Aria mit ihrem großen Herzen war schon immer viel zu gut für mich gewesen. Sie war das Licht in unserer Beziehung, die Gute und ich das Schlechte, der Schatten, der alles nur nach unten zog.

An meinen Händen klebte das Pech, und um ehrlich zu sein, fragte ich mich manches Mal, wie dieses Resort hier überhaupt so gut laufen konnte, wenn ich meine Finger im Spiel hatte.

Aber vielleicht hatten die glücklichen Hände von Calvin, Wesley und Jude einfach ein zu großes Gewicht, sodass ich es nicht ruinieren konnte. Immerhin war ich ja auch eher der kleinste Teil des Ganzen.

Ja, natürlich, ich hatte mich finanziell und mit meinen Ideen beteiligt. Natürlich bot ich Schlittenfahrten für die Gäste an und zog damit ein großes Klientel an. Nicht nur Resortbesucher, sondern auch Leute, die hierherkamen, um für die Ausbildung oder ihre Hunde zu lernen, und sich dann im Resort niederließen.

Gerade in der Anfangszeit hatte uns das sicherlich viele neue Gäste eingebracht, da die Huskyzucht meines Vaters schon seit Jahrzehnten einen hervorragenden Ruf hatte. Geblieben waren sie aber sicherlich nicht wegen meines sonnigen Gemüts, so viel war klar. Das war eher Wesleys Part.

Aber dennoch war diese ganze Geschichte trotz mir irgendwie ins Laufen geraten. Ganz im Gegensatz zu meiner Beziehung, die ich einmal grandios und mit viel Schwung an die Wand gefahren hatte.

Okay, ja, Aria hatte mir das Herz gebrochen … mehrfach. Aber es war meine Entscheidung gewesen, diese ganze Sache so abrupt zu beenden und mich in mein Schneckenhaus zurückzuziehen, in dem ich ganz hervorragend allein klarkam. Allein wahrscheinlich sogar besser als mit irgendeiner Gesellschaft, die ich dann nur mit an den Grund meines schwarzen Lochs ziehen konnte.

Ich holte das alte Zuchtbuch meines Vaters aus dem Regal, schlug eine neue Seite auf und fing an, zu notieren, was ich am Vortag vergessen hatte: Anfang und Schlusszeit des Wurfes, Wurfstärke und dann die einzelnen Welpen.

Mit dem Buch und einer Waage setzte ich mich neben die Wurfbox, streichelte erst eine Weile meine Elsa, die heute schon wieder viel fitter aussah als gestern Nacht. Dann bot ich ihr zu essen und zu trinken an, während ich die Welpen einen nach dem anderen markierte, wog und kontrollierte.

Sie sahen alle fit aus, und wenn alles gut ging, waren sie damit schon ein bisschen über den Berg. Immerhin waren die ersten zwölf Stunden so gut wie geschafft.

Anschließend kontrollierte ich die Kaiserschnittwunde von Elsa, reinigte sie und desinfizierte alles gewissenhaft.

Ich hielt mich Schritt für Schritt an die Anleitung, die Aria mir gegeben hatte. Diese kluge Frau, die so viel Wissen in ihrem wunderschönen Kopf hatte. Und wunderschön war dieser wirklich. Er war um so vieles schöner, als ich sie damals zuletzt gesehen hatte. Sie war reifer geworden und damit noch so viel attraktiver.

Ich liebte die kleinen Lachfältchen und ihre strahlenden, warmen braunen Augen. Ich liebte die Art, wie sich ihre Augen zusammenkniffen und sich ihre Nase ganz leicht kräuselte, wenn sie aus vollem Herzen lachte. Ein Lachen, das ich seit Ewigkeiten nicht mehr gesehen und gehört hatte, und allein dieser Gedanke sorgte dafür, dass mein Magen sich zusammenzog.

Ich hatte ihr Lachen geliebt. Das war fast so etwas wie der Mittelpunkt meiner hellen Seite gewesen. Dieses kleine bisschen Ankerplatz, an dem ich mich festgekrallt hatte, wann immer es mir schlecht ging.

Alles an Aria hatte mich vom ersten Moment an

begeistert. Sobald ich ein bisschen mehr Interesse an Frauen gehabt hatte, war sie mir ins Auge gestochen, und ich hatte eine Zeit lang um sie kämpfen müssen – und hatte sie schließlich gewonnen.

Zumindest für drei flüchtige Jahre, die wie im Flug vergangen waren. Die wohl glücklichste Zeit meines Lebens, wenn ich heute so darüber nachdachte.

Ich hatte meinen Vater und die schönste Freundin, die ich mir jemals hätte wünschen können, an meiner Seite. Es waren glückliche Jahre voll Lachen, in denen selbst ich mich nicht so tief an das schwarze Ende meiner Seele gebunden hatte.

Und dann hatte ich in kurzer Folge nicht nur meinen Dad, sondern auch Aria verloren und alles ging den Bach hinunter. Ich konnte es ihr nicht verdenken, wir waren doch beide noch Kinder. Vor allem im Kopf, aber auch körperlich.

Wenn ich Aria gestern so betrachtet hatte, dann musste ich einfach feststellen, dass sie um so vieles weiblicher geworden war.

Ihre vollen Rundungen trieben mich in den Wahnsinn, obwohl sie mich überhaupt nicht interessieren sollten … interessieren durften. Denn zwischen mir und ihr gab es nichts mehr, würde es niemals wieder etwas geben.

Wie sollte es auch anders sein?

Aria war um Klassen besser als ich. Äußerlich, aber vor allem innerlich. Ihre Nähe hatte mir in kürzester Zeit den Verstand geraubt, die Sinne umnebelt, so wie ihr Duft mich eingehüllt hatte. Dieser süße Duft nach Pfirsichen und Vanille. Er roch nach Heimkommen, nach Reden, nach diesem Seelenfrieden, den nur sie mir je zu schenken vermocht hatte.

Ich legte den letzten Welpen zurück in die Box und sah dann einen Moment auf diese friedliche Szenerie vor mir. Wieder etwas, das Aria mir geschenkt hatte. Und sie wusste noch nicht einmal, wie wertvoll all das für mich war.

Dann klingelte mein Telefon und riss mich aus der Betrachtung. Seufzend stand ich auf und ging hinüber zu dem Tisch, auf dem ich es am Vortag hatte liegen lassen.

Ich trug es nicht ständig bei mir, warum auch? Ich brauchte es nicht. Niemand rief mich an, ich kannte meine Termine und viel mehr wollte ich vom Rest der Welt auch nicht wissen. Wesley hatte mich dazu genötigt, das Handy auf meine Schlittentouren mitzunehmen, falls mir da draußen irgendetwas passieren würde.

Auch er war zu gut für diese Welt. Warum er nicht mit Aria zusammen war, war mir ebenfalls ein Rätsel.

Die beiden würden zusammen die perfekte Familie ergeben, da war ich mir sicher.

Aber aktuell passt Wes auf die Kinder seiner Schwester auf, hinzu kommt die Arbeit im Resort und er hat für nichts anderes mehr Augen.

Vielleicht sollte ich ihm einmal vorschlagen, es doch mit Aria zu versuchen, auch wenn allein der Gedanke daran mir das Herz brach. Die beiden in ihrem täglichen Glück sehen zu müssen, würde mich wahrscheinlich umbringen. Und wenn ich nicht von allein an meinem gebrochenen Herzen sterben würde, dann würde ich mich aus Gründen psychischer Instabilität von der nächsten Brücke werfen.

Mit Sicherheit. Ein Schauer lief mir über den Rücken, als ich Arias Namen auf meinem Display sah, und ich griff tollpatschig nach dem Telefon und hätte es beinahe vom Tisch geworfen.

Wie dämlich von mir, als wäre sie wirklich hier oder würde wegen mir anrufen. Ich wusste doch, dass sie einen Lagebericht über Elsa und die Welpen haben wollte. Dennoch fühlte ich mich aufgeregt, drückte auf Annehmen und hob das Handy an mein Ohr.

"Aria?", fragte ich, und es klang sogar in meinen eigenen Ohren bedürftig. Ich konnte mich gerade noch so beherrschen, meinen Kopf nicht gegen die nächste Wand zu schlagen.

"Hi, ähm, Hudson, ähm", stammelte sie. "Was … was machen die Welpen?"

Irgendwie freute es mich, dass ich sie nicht ganz kaltließ. Wenn auch wahrscheinlich aus unterschiedlichen Gründen.

"Gut, gut, sie sehen alle gut aus. Sie trinken fleißig und auch Elsas Wunde sieht gut aus. Gute Arbeit."

Ich packte mir zwischen Daumen und Zeigefinger an die Nasenwurzel. Wenn ich noch einmal "Gut" sagte, würde Aria mit Sicherheit aus dem Fenster springen bei so viel Trotteligkeit, die ich ausstrahlte, quer durch das Telefon bis hin in ihr Wohnzimmer oder wo auch immer sie gerade war.

War sie in einem Wohnzimmer? In *ihrem* Wohnzimmer? Oder in dem von jemand anders? Oder noch schlimmer: in dem Schlafzimmer von jemand anderem?

Ich schüttelte über meine Gedanken den Kopf. Es ging mich nichts an, es ging mich verdammt noch mal nichts an.

"Okay, ich bin unterwegs zu Mister Peters. Er hat schon wieder ein Problem mit seinem humpelnden Hund und ich würde dann auf dem Rückweg vorbeikommen."

Ich nickte, bis mir auffiel, wie dämlich das war, und antwortete schließlich. "Ja, klar, komm. Komm und sieh es dir an", sagte ich und verdrehte einmal mehr die Augen. Wann zum Teufel war ich so ein Weichspüler geworden?

Aria verabschiedete sich und legte schließlich auf. Mir blieb nichts anderes übrig, als auf das Telefon zu starren und darüber nachzudenken, wie bescheuert ein Mann sich eigentlich verhalten konnte.

Ich war das lebende Beispiel für die maximale Obergrenze.

Aber konnte mir das jemand verdenken? Es ging immerhin um Aria, die Frau, die mir schon immer vollkommen den Verstand geraubt hatte. Die Frau, die viel zu gut für mich war und vor allem für dieses Kaff und die Kunden, die hier herumschwirrten.

Sie hätte eine Koryphäe sein können und hätte mit Sicherheit in irgendeiner arschteuren Tierklinik ein Haufen Geld in der Chirurgie oder wo auch immer verdienen können.

Auf jeden Fall deutlich mehr als hier bei uns Hinterwäldlern, die immer nur die gleichen dämlichen Probleme hatten. Hier ein bisschen Schnupfen, da ein bisschen impfen, dort ein "Wenn du schon da bist, kannst du mein Bein gleich mitröntgen".

Und ja, ich wusste, dass das passierte, denn ich kannte mehr als nur einen meiner Nachbarn, der sich illegal von Aria hatte röntgen lassen, weil sie zu faul waren, in das nächstgelegene Krankenhaus zu fahren. Aria hätte dortbleiben sollen in der Großstadt, wo sie hingehörte, wo sie so viel besser hinpasste als hierher. Sie hätte es verdient gehabt, ein richtig gutes Leben zu führen in einer Stadt bei gutem Wein und gutem Essen. Hätte einen guten Mann haben sollen, der sie regelmäßig ausführte … nicht hier allein am Arsch der Welt versauern.

Sie war doch allein, oder? Oder etwa nicht? Hatte sie hier jemanden kennengelernt?

Erneut schüttelte ich den Kopf und konnte mich gerade noch so beherrschen, ihn nicht auf die Tischplatte zu knallen bei meiner eigenen Dämlichkeit.

Das hier musste ein Ende haben, ich klang ja schon wie ein obsessiver Stalker. Also sah ich mich lieber in meiner Hütte um und versuchte noch ein bisschen Ordnung zu machen, ehe Aria kam … als hätte sie den Dreck nicht schon am Vortag gesehen.

Vielleicht sollte ich Calvins Angebot annehmen und eine der Putzfrauen einmal die Woche meine Bude reinigen lassen. Immerhin war ich einer der Chefs in diesem riesigen Resort, das sollte auch für mich ein paar Vorteile geben.

Seufzend machte ich mich an die Arbeit. Aria würde kommen, und ich wollte das Beste von mir und allem, was es hier gab, vorzeigen.

Das Beste, auch wenn sie eigentlich schon das Schlechteste in mir kannte. Jeden Winkel, jeden Millimeter, und doch schien es ihr nie etwas ausgemacht zu haben.

Bis zu dem Moment, in dem sie in der großen Stadt etwas Besseres fand als mich.

Jemand Besseren.

ARIA

Um ehrlich zu sein, war ich mehr als nur ein bisschen nervös, als ich mich an diesem Morgen auf den Weg zu Hudson machte. Er hatte nicht angerufen, ich war schon seit dem frühen Morgengrauen wach und hatte auf eine Info von ihm gewartet. Zumindest eine kurze Nachricht, dass es allen gut ging.

Aber ich machte mir nicht ausschließlich Sorgen um Elsa und ihre Welpen, sondern vor allem auch um Hudson selbst. Also nicht um ihn, eher darum, was am Abend zuvor zwischen uns gewesen war und ob ich mir die Wärme in seinem Blick nur eingebildet hatte. Hatte ich doch, oder? Es konnte nicht anders sein.

Er hatte mich die meiste Zeit über gemieden und

dennoch fühlte ich mich von ihm angezogen wie von einem Magneten. Ich kam gegen seine unwiderstehliche Art einfach nicht an. Konnte nichts dagegen tun, dass ich ihn noch einmal sehen wollte, noch einmal hören wollte und vor allem noch einmal riechen wollte. Diesen unbeschreiblichen Duft, der nur ihm anhaftete.

Er roch nach eiskalten Nächten, nach rauem Schnee und frischer Luft und unter all diesen Geruchsebenen nach Hudson selbst, einem Geruch, den ich an niemandem sonst jemals wieder gefunden hatte. Ein Geruch, der für mich wie heimkommen war, obwohl Hudson schon so lange nicht mehr mein Zuhause war.

Tief in meinen Gedanken versunken verging die Fahrt schneller, als es eigentlich möglich sein sollte. Schneller, als es gut für mich war, denn ich wollte mich auf dieses Gespräch und unser erneutes Aufeinandertreffen vorbereiten.

Doch nun parkte ich den alten Dodge RAM vor seiner Veranda und stellte den Motor ab. Einen Moment lang sah ich die Stufen nach oben zu der dunklen Holztür und den kleinen Fenstern, hinter denen ich das Feuer des Kamins lodern sehen konnte. Das Bellen der Hunde im Hintergrund drang nur ganz allmählich zu mir.

Was mich dann endgültig aus meiner Starre riss, war die Tatsache, dass Hudson die Tür öffnete und dort oben hoch aufragte.

Er hatte die massiven Arme vor seiner breiten Brust verschränkt und sah grimmig auf mich herab, als wäre ich ein unangekündigter Eindringling auf seinem Grundstück. Dabei wusste er doch, dass ich kam, ich hatte mich angemeldet.

Unsicher biss ich mir auf die Unterlippe und konnte mich gerade noch so beherrschen, nicht unruhig auf meinem Sitz hin und her zu rutschen. Stattdessen atmete ich tief durch und straffte die Schultern. Schließlich war ich beruflich hier, ich durfte hier sein, ich hatte ein Recht dazu, denn ich musste meinen Patienten nachsorgen. Ich musste sichergehen, dass es Elsa und den Welpen gut ging. Da konnte auch Hudson nichts dagegen sagen, oder?

Krampfhaft umklammerte ich meine Tasche, während ich aus dem Wagen stieg und dann die kurze Strecke bis zu den Treppen überbrückte. Angestrengt versuchte ich zu lächeln, als ich ebenjene nach oben stieg.

"Guten Morgen, Hudson. Wie geht es den Patienten?", fragte ich so freundlich wie möglich und mied dabei seinen Blick, wie er es den Tag zuvor immer mit mir getan hatte.

Aber er ging nicht zur Seite, machte keine Anstalten, mich ins Haus zu lassen, also musste ich ihm wohl doch begegnen.

Widerwillig hob ich das Kinn und traf dann auf seine beinahe schwarzen Augen. Er musterte mich, als würde er versuchen zu verstehen, was für eine Spezies ich war. Warum ich hier war und ihn nicht einfach in Ruhe ließ.

Tja, gute Frage, Aria, gute Frage. Die solltest du dir selbst stellen.

Mein Lächeln wurde zitterig, als ich seinen Blick erwiderte.

"Alles okay?", fragte ich besorgt und zog die Augenbrauen zusammen. Vielleicht gab es auch keine Patienten mehr. Nein, wir hatten vorher telefoniert, so schnell konnte das Ganze nicht den Bach hinuntergegangen sein.

Er entspannte sich ein wenig und nickte, ehe er erst den Kopf schüttelte und dann wieder nickte, als wäre er von seinen eigenen Gedanken verwirrt.

"Ja, ähm, entschuldige bitte. Komm ... komm doch rein", stammelte er, drehte sich auf dem Absatz um und ging nach drinnen, ohne sich darum zu scheren, ob ich ihm folgte oder die Tür schloss.

Er schlenderte direkt ins Wohnzimmer, und ich tat es ihm gleich, stellte auf dem kleinen Esstisch, auf dem wir am Vorabend noch operiert hatten, meine Arzttasche ab.

Elsa musterte mich ein bisschen misstrauisch, sah aber zu schwach aus, um in irgendeiner Art und Weise anzuschlagen. Hudson setzte sich neben sie auf den Boden, streichelte ihren Kopf und redete beruhigend auf sie ein.

"Kannst du sie aufstehen lassen, damit ich den Bauch ansehen kann?"

Hudson kam meiner Bitte nach und positionierte Elsa wie ein Schutzschild zwischen uns.

"Das sieht gut aus."

"Ich habs sauber gemacht", brummte er.

"Gut, gut. Du weißt ja, wie du Wunden versorgen musst", murmelte ich und hätte mir gern für meine unsichere Art selbst eine gescheuert.

"Kann ich die Welpen untersuchen?"

Er nickte und platzierte Elsa so, dass sie jeden meiner Handgriffe beobachten konnte.

Nicht nur sie, sondern auch Hudson beobachtete mich. Ich spürte es an der Art, wie meine Haut unter seinen Blicken kribbelte.

"Du hast gute Arbeit geleistet", sagte er schließlich.

Die Schmetterlinge in meinem Bauch fingen sofort an, wilde Loopings zu fliegen, die völlig unangebracht waren, denn schließlich hatte er mich nur fachlich gelobt und nicht ein Kompliment über mich persönlich gemacht.

"Danke. Ich hoffe, es verläuft weiter alles so gut und Mama und Babys sind über den Berg."

"Mit Sicherheit, Aria. Das war ... das war wirklich einzigartig", sagte er, und mein Herz raste in meiner Brust.

Ich kümmerte mich extralangsam um die Welpen und Elsa tat mir ein bisschen leid, aber ich wollte einfach keine Sekunde, in der ich die Gelegenheit hatte, in seiner Nähe zu sein, verpassen.

Seine Stimme zu hören, als er davon erzählte, wie die Welpen am Abend und am Morgen getrunken hatten, brannte durch meinen Körper wie heiße Lava, sorgte dafür, dass jede einzelne Zelle auf Empfang war.

"Die kleine rosane trinkt am schlechtesten", sagte er und deutete auf die graue Hündin. Ich sah sie mir genauer an.

"Es sieht aber alles gut aus. Du wirst an den Gewichten erkennen, ob alles in Ordnung bleibt." Sanft streichelte ich über den Rücken. "Und was bist du überhaupt für ein Wonneproppen", sagte ich und nahm das schwerste Welplein nach oben.

"Frau Gelb", sagte Hudson.

Ich grinste.

"Du solltest sie Aria nennen, sie hat den gleichen runden Bauch wie ich." Ich kicherte, aber Hudson schnaubte nur, was mich kurz befürchten ließ, dass er den Vorschlag, einen Welpen nach mir zu benennen, völlig absurd fand. Er war auch abwegig, ich meine, warum sollte Hudson einen seiner Welpen nach mir benennen.

"Wenn ich eine Hündin nach dir benenne", sagte er dann in vollkommen ernstem Ton, "dann wäre es die lilane."

"Die lilane?", fragte ich und sah mir die kleine Hündin noch einmal an.

Hudson nickte.

"Ja, schau sie dir an. Sie ist nicht nur bildschön, sondern sie schafft es auch regelmäßig, sich gegen alle anderen durchzusetzen. Und das nicht nur mit reiner Ellenbogentaktik, sondern sie ist auch wirklich schlau. Manchmal kriecht sie einfach hinten zwischen den Hinterläufen durch und ist dann an der fetten Zitze, während die anderen vorne um die kleinen Zitzen streiten."

Hudson lachte auf, aber in mir tobte so ein Sturm, dass ich keine Worte dafür hatte.

Hatte er mich gerade als wunderschön und schlau bezeichnet?

Nein, nein, die Hündin, nur die Hündin. Er meinte nicht mich, er meinte lediglich die Hündin und seine Dankbarkeit dafür, dass ich Elsa und die Welpen hatte retten können.

Ich lächelte, als ich zu ihm aufsah, und bemerkte ein Funkeln in seinen Augen, das ich dort seit Jahrzehnten nicht gesehen hatte. Ein Funkeln, das früher für mich bestimmt gewesen war.

Heute nicht mehr, es geht nicht um mich, erinnerte ich mich selbst. Er sprach hier lediglich über diese kleinen Welpen.

Ich drehte sie auf den Rücken und streichelte ihr kleines flauschiges Bäuchlein. Wollte mich selbst daran erinnern, dass es nur um dieses kleine Lebewesen in meiner Hand ging, nicht mehr und nicht weniger.

Auch wenn ich versuchte, die Untersuchung so lang wie möglich hinauszuzögern, merkte ich doch, dass Elsa langsam unruhig wurde und es für mich Zeit wurde, die kleine Familie wieder in Ruhe zu lassen. Sie brauchten ihre Ruhe, um die Strapazen wegzustecken.

Also stand ich auf und packte meine Sachen zusammen. Hudson folgte mir auf dem Weg zur Haustür und blieb dann im Flur an eine Wand gelehnt stehen.

"Ich … ich weiß nicht, wie ich dir jemals dafür danken kann, Aria", murmelte er mit rauem Ton, der mir Schauer durch den Körper jagte. Schauer, die vollkommen unangebracht waren, die nichts in mir zu suchen hatten. Gefühle, die nur Hudson in mir auslösen konnte, wie es schon immer der Fall gewesen war.

Ich versuchte die Stimmung aufzulockern und lächelte frech.

"Mit einem Kaffee", sagte ich und wollte gleich darauf meinen Kopf an die nächstgelegene Wand donnern.

Wie konnte ich nur auf die beschissene Idee kommen, dass Hudson mit mir einen Kaffee trinken woll…

"Klar, kein Problem", unterbrach er meine Gedanken, und ich konnte mich gerade noch davon abhalten, dass meine Kinnlade bis zum Untergeschoss nach unten klappte.

"Ich … ähm, ja, danke", gab ich zurück, lächelte noch mal und machte mich dann eilig auf den Weg aus dem Haus.

Hatte er gerade wirklich eine Einladung auf einen Kaffee ausgesprochen?

Also wir beide?

Also Hudson und ich?

Fassungslos blinzelte ich, während ich die Stufen der Veranda beinahe nach unten stolperte und eilig den Weg zu meinem Auto überbrückte.

Ich riss die Tür auf, warf meine Tasche hinein und winkte ihm flüchtig zu.

"Okay, wir telefonieren dann, ich hab noch ein paar Kunden", stammelte ich, sprang geradezu fluchtartig in mein Auto, warf die Tür zu und den Motor an.

Das hier sah nach Flucht aus, das war mir durchaus klar, denn es war auch eine und ich konnte mich wirklich nicht beherrschen.

Aber, hey, das Undenkbare war gerade eben passiert, und wenn ich nicht wollte, dass im nächsten Moment die Hölle losbrach, sollte ich zusehen, dass ich Land gewinne und dann erst einmal all diese Gedanken und Gefühle in mir sortierte, ehe ich etwas tat, was vollkommen blödsinnig war. Ihn zu küssen zum Beispiel, obwohl er mir doch nur einen Kaffee angeboten hatte.

Verdammt, ich hatte mein Leben so was von überhaupt nicht im Griff.

HUDSON

Fassungslos starrte ich der Frau, die mein Leben schon, seit ich denken konnte, auf den Kopf stellte, hinterher.

Hatte ich sie gerade wirklich zu einem Kaffee eingeladen? Diese *meine* Aria? Aria, Du-hast-mein-Herz-gebrochen-Aria? Fuck! Wie war ich nur auf diese beschissene Idee gekommen?

Wahrscheinlich deshalb, weil ich überhaupt nicht nachgedacht hatte, sondern sie gefühlt die ganze Zeit über nur fasziniert betrachtet hatte. Alles an ihr. Die Haare, die so weich aussahen, die Augen, die so voller Liebe leuchteten. Die Wangen, die sich immer so süß nach oben zogen, wenn sie verliebt eines der kleinen Welplein anlächelte … wie sie mich einmal angelächelt hatte. Damals, vor ewiger Zeit. Damals, bevor alles anders geworden war, und nicht jetzt.

Jetzt lächelte sie Welpen an, keine Hudsons. Hudsons fanden in Arias Welt nicht statt. Das hatten wir doch bereits vor siebzehn Jahren geklärt.

Warum also wollte sie dann mit mir einen Kaffee trinken gehen? Sie? Oder war es nur ein kleiner Rettungsanker, weil sie sonst nichts von mir wollte und ich dieses seltsame Angebot gemacht hatte?

Wie war ich auf die Idee gekommen, sie zu einem Kaffee einzuladen? Ich war doch sonst nicht masochistisch veranlagt, ich war nicht der Typ, der sich selbst quälte, sondern der Typ, der schnellstmöglich alles aus seinem Leben entfernte, das nur annähernd körperlichen oder emotionalen Schmerz bedeutete.

Vor allem emotional. Ich war der, der immer allein war, und nicht der, der sich Menschen in sein Leben holte, die ihm nicht guttaten.

Und Aria tat mir nicht gut, so was von nicht. Aria war Herzensbrecher-Aria, Aria war meine erste große Liebe und die, die mir gezeigt hatte, dass man besser nicht liebte.

Warum zum Teufel tat ich das also? Ich hatte keinen verdammten Plan.

Vielleicht hatte ich ja doch irgendeine versteckte masochistische Ader oder einen Komplex, den ich nicht bewältigt hatte. Vielleicht sollte ich mir irgendwann einen Psychotherapeuten gönnen, der könnte all das reparieren, was in mir seit Jahren schiefging.

Und jetzt … eine akute Notfalllösung gab es nicht, denn ich hatte sie immerhin schon eingeladen. Ich konnte schlecht anrufen und sagen: *Hör mal, Aria, vielen Dank, dass du die Welpen und meine Elsa mitten in der Nacht in deiner Freizeit gerettet hast, aber ich will nun doch keinen Kaffee mit dir trinken. Bitte schick mir die Rechnung zu.*

Nope. Nein, das war keine Alternative. Außerdem war ich ein erwachsener Mann, ich würde es wohl hinbekommen, mit der Frau, die mir das Herz gebrochen hatte, einen Kaffee zu trinken, ohne davon emotional verkrüppelt zurückzubleiben.

Das sollte möglich sein, das sollte machbar sein. Ich hatte ja schon ganz andere Sachen in meinem Leben weggesteckt. Ein kleines Kaffee-Date mit meiner Ex sollte mich nicht umbringen.

Es würde mich nicht umbringen, ganz egal, wie verdammt gut sie aussah, wie verdammt gut sie roch und wie viel besser sie noch schmecken würde. Nicht schmecken würde, weil ich würde sie nicht küssen, sondern nur Kaffee trinken.

Fuck!

KAPITEL 3

ARIA

Ich war zu spät.

Okay, ich war immer zu spät und überall zu spät, was hauptsächlich daran lag, dass gefühlt das ganze Universum gegen mich und meinen Zeitplan arbeitete.

In diesem Fall Mr. Thomas, der den Zaun seiner Ziegen eindeutig nicht ziegenfreundlich gestaltet hatte, sodass die sich im Zaun verfangene Ziege eine ziemlich große Schnittwunde vom Draht hatte.

Auf halbem Weg zu meinem Kaffee-Date hatte Mr. Thomas mich angerufen, um mir einen Notfall zu schildern. Und obwohl ich es wollte, konnte ich nicht Nein sagen. Ich musste einfach auf einen Abstecher bei ihm vorbeischauen, um sicherzustellen, dass es nicht eine tiefer gehende Verletzung war, die umfangreicher behandelt werden musste.

So kam es also, dass das Schicksal und Mr. Thomas dafür gesorgt hatten, dass ich eine halbe Stunde zu spät zu meinem Kaffee-Date mit Hudson kam.

Ich hatte ihm eine SMS geschrieben, gleich nachdem Mr. Thomas mich angerufen hatte. Dennoch hatte ich ein schlechtes Gewissen. Mehr als alles andere hasste ich es, zu spät zu kommen an diesem einzigen Date, an dem mir wirklich jemals etwas gelegen hatte.

Mit großen Schritten stürmte ich geradezu in das kleine Café, das an das Resort angeschlossen war. Hier draußen mitten im Nirgendwo gab es nicht sonderlich viele Geschäfte und noch viel weniger Cafés, also war die Auswahl dessen, wo wir uns zum Kaffeetrinken trafen, sehr gering gewesen.

Suchend sah ich mich in dem kleinen, gemütlichen Bereich des Resorts um und entdeckte Hudson im hinteren Teil. Ich war noch nicht oft hier gewesen und musste zugeben, dass es wirklich heimelig und gemütlich war. Wer auch immer sich all diese Details ausgedacht hatte, hatte wirklich ein Händchen dafür.

Schon von außen wirkte das Resort nicht protzig, sondern eine Mischung moderner und urgemütlicher

Blockhütte, riesiger Blockhütte mit großen gläsernen Fensterfronten. Eine große Veranda, auf der mehrere dampfende Whirlpools standen, machte den ersten Eindruck perfekt. Es war Luxus pur und das schrie es geradezu aus jeder Pore. Und dennoch war es einfach urgemütlich durch die vielen Holzapplikationen, den großen Kamin, in dem Tag und Nacht ein Feuer prasselte.

Ich ging an dem großen Lobbytresen vorbei nach links in Richtung des Café-Bereichs mit den niedrigen, gemütlichen braunen Sofas, den kleinen Holztischen, die glänzten, als würden sie täglich frisch poliert werden.

Ganz hinten in dem Bereich entdeckte ich Hudson, der über einen Computer gebeugt dasaß. Ein irgendwie unwirkliches Bild, weil ich Hudson noch nie mit moderner Technik in Verbindung gebracht hatte. Er war doch eher der Typ, der seine Huskys bürstete und die Schlitten auf Vordermann hielt.

Es war gut so, dass er so vertieft in seine Lektüre war, denn so hatte ich Gelegenheit, ihn ein wenig genauer zu mustern.

Er trug einen schwarzen Rollkragenpullover, der perfekt zu seinen dunklen Haaren und Augenbrauen passte. Ebendiese hatte er zusammengezogen, bis eine steile Falte dazwischen erschien.

Worüber auch immer er nachdachte, es schien seine ganze Aufmerksamkeit einzunehmen.

Fast schon lautlos schlich ich mich an ihn heran, weniger weil ich schleichen wollte als der Tatsache geschuldet, dass ich Turnschuhe trug und keine High Heels, die auf dem edlen Marmorboden klackern konnten.

"Es tut mir so leid, es tut mir so leid", begann ich ohne eine Begrüßung und ließ mich ihm gegenüber auf einen der bequemen Sessel fallen.

Sein Kopf ruckte nach oben und er wirkte für einen Moment lang erschrocken, als hätte er nicht mit mir gerechnet. Dann schüttelte er den Schock ab und so etwas wie ein Lächeln zuckte an seinem Mundwinkel.

"Hey, ich hab schon verstanden", sagte er, und seine Stimme klang kälter, als das Lächeln vermuten ließ.

Ich wiegte den Kopf, streifte meinen Mantel ab und warf ihn über die Armlehne, genauso wie Hudson es mit seinem hellgrauen getan hatte.

"Nein, wirklich, ich wollte pünktlich kommen. Ich war sogar schon unterwegs, und dann hat Mister Thomas angerufen, weil seine blöde Ziege sich im Zaun verfangen hatte und einen großen Cut am Bein hatte."

Hudsons Augenbraue wanderte nach oben.

"Alles in Ordnung?"

Ich nickte schnell. "Jaja, ich hab die Wunde nur gereinigt und desinfiziert, und dann brauchte ich noch weitere fünf Minuten, um meine Schuhe wieder sauber zu bekommen, weil ich nicht unbedingt mit Ziegenscheiße an den Schuhen in dein Resort stapfen wollte."

Das brachte mir ein weiteres Mundwinkelzucken ein und ich lächelte etwas breiter.

"Und du? Was machst du dort?", fragte ich und deutete mit dem Kinn auf den Bildschirm.

Hudson zuckte mit den Schultern. "Geschäftsberichte. Definitiv ein Teil meiner Arbeit, den ich nicht leiden kann."

Ich legte den Kopf schief. "Hast du viel mit diesem bürokratischen Zeug zu tun? Ich dachte immer, du wärst nur für die Husky-Ausbildung und die Schlittenfahrten zuständig."

Hudson nickte, klappte den Laptop zu und lehnte sich in seinem Sessel zurück.

"Ja, hauptsächlich, aber die Monatsmeetings und die großen Abstimmungen über Investitionen und diesen ganzen Kram, da komm ich nicht drum rum. Da lassen mich die Jungs eindeutig nicht raus."

Ich lächelte bei dem Gedanken an Wesley, Calvin

und Jude. Ich kannte sie alle beinahe so lang, wie ich Hudson kannte. Und ich hatte mit ihnen ein deutlich besseres Verhältnis. Ganz am Anfang, als Hudson mich so überraschend verlassen hatte, hatte ich das Gespräch zu den dreien gesucht, aber alle waren mir ausgewichen, und ich hatte gemerkt, dass sie kein Interesse daran hatten, zwischen die Fronten zu geraten. Also hatte ich aufgegeben. Es half ja nichts. Wenn Hudson nicht mit mir reden wollte, dann hatte ich so oder so keine Chance.

"Wie geht es Elsa?", versuchte ich mich von diesen Gedanken abzulenken, und Hudsons Lächeln wurde tiefer, ehrlicher bei dem Gedanken an seine Hündin und die kleinen Welpen.

"Gut, sehr gut. Sie legen alle fleißig an Gewicht zu und sehen ganz hervorragend aus. Elsa ebenfalls."

Er erzählte noch ein bisschen mehr, und ich konnte seinen Worten kaum folgen, weil ich es so sehr genoss, seine Stimme zu hören und in seiner Gegenwart zu sein. Viel zu schnell kam eine der Bedienungen und unterbrach das Gespräch über die kleinen Welpen.

"Einen Cappuccino bitte, mit viel Zucker", sagte ich und grinste breit. Gleich darauf hätte ich mir am liebsten selbst in den Arsch getreten. In einer Welt, in der Hudson lebte, mussten Frauen sicher Salat bestellen und Wasser ohne Kohlensäure. Aber in meiner Welt bestellte ich Cappuccino mit viel Zucker und einen Schokomuffin.

"Schokomuffin", platzte es aus mir heraus, noch ehe Hudson seine Bestellung aufgab, und meine Wangen wurden rot. Zu meiner Überraschung sah er aber nicht genervt oder angewidert aus, sondern ein echtes Lächeln, ein Hudson-für-Aria-Lächeln erschien auf seinem Gesicht.

"Sie haben die Lady gehört: Cappuccino mit viel Zucker und einen Schokomuffin."

"Yes, Sir, gerne", sagte die Barbiepuppe und wieselte dann auf ihren streichholzdünnen Beinchen davon.

"Immer noch die gleichen Vorlieben, hm?", sagte er und seine Augen funkelten. Ob es ihm überhaupt auffiel, dass er all das, was er mir so lange verwehrt hatte, auf einmal wieder schenkte?

Mir fiel es definitiv auf, und in meinem Bauch spielten die Schmetterlinge verrückt.

"Ja, viel hat sich bei mir nicht geändert", antwortete ich, grinste verlegen und zuckte mit den Schultern. Ich musste ihm ja nicht auf die Nase binden, dass ich eigentlich lieber aussehen würde wie Streichholz-Barbie – zumindest in den Momenten, in denen ich in seiner Nähe war.

HUDSON

Es gefiel mir, dass sie kein Blatt vor den Mund nahm und geradeheraus plapperte, was in ihr vor sich ging, was sie sich wünschte und vorstellte. Es gefiel mir, dass sie immer noch die alte Aria war, die extraviel Zucker und einen Schokomuffin bestellte. Die Frau, die sich immer genommen hatte, was sie wollte.

Es gefiel mir und es gefiel mir nicht, denn sie hatte sich schließlich auch mit ihrem Studium genommen, was sie wollte, ohne Rücksicht darauf, was andere dachten oder brauchten.

Ohne Rücksicht auf mich.

Ich hätte sie hier gebraucht, an meiner Seite – gerade so kurz nach Vaters Tod. Ich hätte die Frau meines Herzens an meiner Seite gebraucht, die mich auch länger aufgefangen hätte, die mich in schlechten Momenten auf den Boden der Tatsachen zurückgebracht hätte. All das, was schließlich meine Freunde übernehmen mussten, weil sonst niemand hier gewesen war.

Auf der anderen Seite konnte ich ein kleines bisschen besser verstehen, warum Aria mich einfach so verlassen hatte. Ich hatte es in ihren Augen gesehen an dem Tag, an dem sie Elsa und den Welpen das Leben gerettet hatte. Und auch gerade eben, als sie davon erzählt hatte, wie sie die dumme Ziege von Mr. Thomas gerettet hatte. Dieses Funkeln in ihren Augen, diese Begeisterung, die aus Berufung geboren war. Das Wissen, dass das, was sie dort tat, richtig, vollkommen richtig und unersetzbar war.

Wie zum Teufel hatte ich jemals denken können, dass ich jemanden von seiner Berufung abbringen kann, nur weil ich ein persönliches Anliegen hatte. Wie hätte ich diese Frau ihren Traum nicht leben lassen können, nur weil ich in meiner eigenen Trauer versunken war.

Aria hatte eigentlich alles richtig gemacht. Sie war dorthin gegangen, wo sie hatte sein müssen. Sie hatte all das gelernt, was sie brauchte, um den Menschen und Tieren dieser heillosen Wildnis zu helfen. Sie hatte ihre Berufung gefunden wie ich meine.

Ich fühlte mich einhundert Prozent wohl mit den Hunden auf diesem Resort und dem Wissen, dass all das mir gehörte und dass ich hier für immer ein Zuhause haben würde an dem Ort, an dem ich geboren wurde, mit dem Erbe meines Vaters, das in den Blutlinien meiner Hunde immer weiterfließen würde.

Und Aria?

Sie hätte hier ihre Berufung nicht finden können. Sie hatte für diese Ausbildung gehen müssen. Hinaus in die große weite Welt, nach Seattle, auf eine Universität, auf der sie all dieses Wissen horten konnte, das heute dem ein oder anderen Tier das Leben rettete. Das meiner Elsa und ihren Babys das Leben gerettet hatte.

Ich hatte es früher nicht erkannt, vielleicht, weil ich zu sehr mit meinem eigenen Schmerz beschäftigt gewesen war.

Aber es war so. Es war die richtige Entscheidung von Aria gewesen, und mir das einzugestehen, sorgte dafür, dass mein Magen sich verknotete.

Und das war ganz gut so, denn die dort aufsteigenden Schmetterlinge brachten mich vollkommen um den Verstand.

Ich wollte keine Gefühle für Aria hegen. Dieses Thema hatte sich doch ein für alle Mal erledigt, ganz egal, wie unfassbar gut sie aussah und wie unglaublich gut sie roch. Ganz egal, wie sehr mir ihr Lachen und das Funkeln in ihren wunderschönen braunen Augen gefehlt hatte.

"Auf jeden Fall war es nichts Schlimmes, und dem Kater von Mister Miller geht es schon wieder besser."

Ich hatte der Geschichte nicht folgen können und blinzelte ein paarmal.

"Na, was hatte er?", fragte ich und hoffte, dass sie dieses Detail nicht schon erzählt hatte, denn dann würde ich jetzt ziemlich dämlich rüberkommen. Doch die Art, auf die sich Arias Lächeln noch verbreiterte, sagte mir, dass die Pointe noch fehlte. Also grinste ich selbstzufrieden.

"Na, eigentlich hatte er nur eine Verstopfung, und nachdem ich ihm einen Einlauf verpasst hatte, war das ganze Geschäft stinkend erledigt", sagte sie und kicherte dann, als wäre sie ein kleines Mädchen.

Mein kleines Mädchen. Wie früher.

"Kann ich Ihnen noch was bringen, Sir?", unterbrach mich die Bedienung zum gefühlt zehnten Mal, und langsam nervte sie mich. Was zum Teufel war los mit ihr? Sie bekam doch kein Extragehalt, weil sie mir die ganze Zeit in den Arsch kroch.

"Nein, nichts, bitte", sagte ich und machte eine wegscheuchende Handbewegung, die Aria eine Augenbraue nach oben ziehen ließ.

"Ich, äh, hätte gern noch so einen Muffin", sagte sie dann und deutete auf ihren leeren Teller.

Wieder lächelte ich. Es gefiel mir, dass sie sich einfach bestellte, was auch immer sie wollte.

"Oh, und erinnerst du dich an Ellen Spindler?", fragte sie und beugte sich nach vorn. Ihre Augen funkelten.

Die Bedienung merkte wohl, dass mehr nicht von uns kommen würde, und stöckelte wieder einmal davon.

Bis zur nächsten Unterbrechung, dachte ich und verdrehte innerlich die Augen.

"Hm, welche war das noch mal?"

"Dieses dünne Mädchen mit den roten Haaren", sagte sie und zupfte an ihren Locken. Locken, die so weich aussahen, in die ich auch so gern hineinfassen wollte.

Eine vage Erinnerung an ein Mädchen mit roten glatten Strähnen kam mir in den Sinn.

"Ja, ich glaube schon", murmelte ich.

"Mhm, mhm. Sie ist jetzt das dritte Mal verheiratet, hat fünf Kinder von vier verschiedenen Männern." Sie kicherte.

"Und das, obwohl sie uns immer verurteilte, weil wir Sex vor der Ehe hatten." Ich grinste breit und konnte mich nun gut an dieses überhebliche Ding erinnern und wie verzweifelt Aria manches Mal gewesen war, weil diese Ellen sie so vor der ganzen Schule ausgerichtet hatte.

"Karma, Baby, Karma", sagte ich nur und zuckte mit den Schultern.

Innerlich freute ich mich ein bisschen, denn sie hatte es verdient. Niemand sollte meine Aria ungestraft so mobben. Ich hatte immer darauf geachtet, dass keiner hinter ihrem Rücken über sie sprach, und hatte jeden, der es nur im Ansatz versucht hatte, das Maul verboten. Das war der Vorteil, wenn man der Badboy der Schule war.

Heute war von meinem Badboy-Image nicht mehr viel übrig. Ich war der nette Kerl, der manchmal die Touris auf Schlittenfahrten mitnahm. Ich verzog das Gesicht. Wann zum Teufel war ich zu so einem Weichei geworden?

Aria lachte, und ihr Lachen sorgte dafür, dass es mir ganz warm in der Brust wurde.

Es wurde Zeit zu gehen, definitiv, ich musste hier raus, bevor ich vollkommen den Verstand verlor. Aria ging mir zu tief an Stellen meines Herzens, an denen sie schon Jahrzehnte nichts zu suchen hatte.

Wie zum Teufel war ich nur auf die Idee gekommen, dass ein Kaffee mit der Liebe meines Lebens eine gute Idee sein konnte?

Das war es nicht, wirklich nicht. Konnte es überhaupt nicht sein, niemals!

"Ähm, okay, ich glaube, ich sollte dann nach Elsa sehen", sagte ich mitten in unser Gespräch hinein.

Aria wirkte ein bisschen verblüfft. Wie auch nicht? Sie hatte sich schließlich gerade noch einen Muffin bestellt.

"Ja, du hast ... du hast recht. Wir sitzen schon eine ganze Weile hier."

Ein Blick nach draußen sagte mir, dass es sogar bereits dunkel war.

"Ja, Entschuldigung, dass ich das jetzt hier so abrupt unterbrechen muss", stammelte ich und kam mir dabei ziemlich dämlich vor.

"Ich kann dir sicher eine Tüte für den Muffin besorgen."

Sie schüttelte den Kopf. "Ich ess ihn schnell beim Rausgehen", sagte sie und stand dann auf, um sich den Mantel anzuziehen.

Die Bedienung sah ein wenig verblüfft aus, als sie uns beide beim Aufbruch befindlich vorfand.

Aria nahm den Muffin direkt vom Teller und biss hinein, noch ehe sie einen Schritt Richtung Ausgang gemacht hatte. Auch das ließ mich lächeln. Verdammt, sie war genau so wie früher.

Dann verließen wir Seite an Seite das Resort. Es fühlte sich gut und schlecht zugleich an, und weil mich all diese Gedanken und Gefühle schon seit Stunden unfassbar durcheinanderbrachten, war es genau die richtige Entscheidung, jetzt die Flucht zu ergreifen.

ARIA

Zufrieden aß ich meinen Muffin, während wir gemeinsam durch die Lobby des Winter Dream Resorts gingen. Auch wenn der Aufbruch nun etwas plötzlich kam, war es ein wirklich schöner Nachmittag zusammen mit Hudson, der wie im Flug vergangen war.

Ich steckte mir das letzte Stück der süßen Köstlichkeit in den Mund und zog dann den Mantel enger um mich.

"Bist du mit dem Auto da?", fragte ich, und Hudson nickte. Er sah unfassbar gut aus, und wenn ich es nicht besser wüsste, hätte ich gesagt, dass er sich für mich herausgeputzt hatte.

Blödsinn. Natürlich! Das hatte der Verlauf dieses Kaffee-Dates doch deutlich gemacht.

"Ja, er steht dort drüben."

"Sehr gut, ich muss in die gleiche Richtung", antwortete ich, und wir gingen dann Seite an Seite die Stufen nach unten zu den Parkplätzen.

"Wenn irgendetwas sein sollte oder dir etwas spanisch vorkommt, zögere nicht und ruf mich an", sagte ich und lächelte ihn aufmunternd an.

Ich wollte auf keinen Fall, dass er wieder so lang wartete mit der nächsten Katastrophe.

Hudsons Mundwinkel zuckte. "Ja, wenn du nicht gerade auf Ziegenrettung bist."

Das machte mein Grinsen noch breiter. "So viele Ziegen hat Mister Thomas Gott sei Dank nicht", gab ich zurück. "Aber es gibt noch genug ungewöhnliche Notfälle in meinem Leben."

"Das glaub ich dir gern", antwortete er und seine Stimme war ein bisschen weicher als noch vor einigen Minuten.

Ich vergrub die Hände in den Taschen meines Mantels und ging schweigend neben ihm her. Versuchte zu analysieren, was das hier zwischen uns war und wo es hinführen sollte … oder auch nicht.

"Da ist er ja", sagte er und deutete mit dem Kinn auf meinen Dodge.

Ich nickte. "Ja, nicht mehr das schickste Modell." Schulterzuckend ging ich in Richtung der Fahrertür.

"Statussymbole haben wir beide, glaube ich, nicht notwendig", gab er zurück und folgte mir.

Da hatte er recht, so war es schon seit je her gewesen, und dass es trotz seines ganzen Erfolgs mit dem Resort noch immer so war, machte ihn in meinen Augen nur attraktiver.

"Es war ein wirklich schöner Nachmittag, Hudson", sagte ich, ohne ihn anzusehen, und griff nach der Türschnalle.

Plötzlich prallte ich mit Hudson zusammen, der wohl den gleichen Gedanken hatte, und taumelte unwillkürlich ein Stück zurück, denn er war so viel größer und kräftiger als ich.

Ganz automatisch – zumindest schien es so – schlang er seine Arme um mich, damit ich nicht hinfiel. Doch damit war er mir so nah wie seit Jahrzehnten nicht mehr. So nah, dass ich seinen Atem auf meiner Haut spüren konnte. Dass ich ihn riechen konnte und mich am liebsten in diese Umarmung, die ja eigentlich keine war, geschmiegt hätte.

Es fühlte sich so gut an, seinen Arm um meine Taille zu spüren und ihm so nahe zu sein.

Seine beinahe schwarzen Augen, die von dichten, dunklen Wimpern umrahmt waren, musterten mich wachsam, während er nur eine Handbreit von meinem Gesicht entfernt war. Eine Handbreit, die so viel zu viel und so viel zu wenig zur gleichen Zeit war. Ich spürte, wie mein Körper bebte – kaum merklich und doch fühlte es sich so an, als würde ein Erdbeben durch mich hindurchgehen. Zwischen uns brannte die Luft und eine Anziehungskraft war dort, die ich mit keinem anderen Mann in meinem Leben jemals gespürt hatte.

Nur Hudson, es war immer nur Hudson gewesen, und noch bevor ich darüber nachdenken konnte, was das war oder woher es kam oder was wir hier gerade taten, schob er sein Gesicht noch näher zu meinem.

Meine Lippen kribbelten, obwohl er sie noch überhaupt nicht berührt hatte, voller Erwartung, das zu spüren, was ich seit Jahrzehnten vermisste.

Ich leckte mir ganz kurz über die Unterlippe und sah, dass Hudson es ebenfalls bemerkte. Als hätte ich damit einen Damm gebrochen, überbrückte er die letzten Zentimeter zwischen uns und presste seine weichen Lippen auf meine.

Es fühlte sich so verdammt gut an, so unbeschreiblich gut, besser als alles, was ich sonst in meinem Leben hatte.

Es war so viel und doch viel zu wenig. Ich brauchte mehr von ihm, klammerte mich fast schon wie eine Ertrinkende an ihn. Vollkommen ausgehungert nach meinem Durst, nach Hudson, diesem einen Mann, der meine Welt auf den Kopf stellte.

Es war genau so, wie ich es in Erinnerung hatte. Genau so und viel besser. Bestimmter und gezielter, weniger spielerisch, wie wir uns früher geküsst hatten. Es war so, dass ich hier und jetzt jeden Willen verlor und ihm alles versprechen würde, ohne eine Sekunde zu zögern.

HUDSON

Meine Arme bebten, so sehr musste ich mich zurückhalten, sie nicht noch fester an mich zu ziehen, um sie tiefer zu küssen und alles von ihr zu nehmen, was ich mir seit so langer Zeit wünschte.

Dinge, die ich mir nicht wünschen durfte, weil zwischen Aria und mir doch gar nichts war. Nichts, außer diesem alles verschlingenden Kuss, der mir den Boden unter den Füßen wegriss und mich vollkommen in den Wahnsinn trieb.

Sie schmeckte so verdammt gut, fühlte sich unfassbar gut an. Alles an ihr schmiegte sich mir entgegen. Ihre weichen Rundungen an meinem Körper zu spüren, trieb mich völlig in den Wahnsinn.

Hatte sie sich immer schon so verdammt gut angefühlt? Mir war klar, dass mir ihre Küsse und ihre Berührungen nie aus dem Kopf gegangen waren, aber so gut?

Sie passte perfekt in meine Arme, perfekt an meine Lippen, an meinen Körper und ich wollte keinen Millimeter Luft zwischen uns lassen. Ich wollte mehr von ihr spüren, mehr von ihr fühlen, all das von ihr bekommen, was ich mir seit so langer Zeit verwehrt hatte.

Ich liebkoste ihre Lippen und ihre Zunge mit meiner. Genoss jeden Moment mit ihr so nah bei mir, so nah, wie sie mir seit Ewigkeiten nicht gewesen war.

Aus einem Grund, der mir im Moment entfallen war. Aber irgendetwas tief in mir regte sich und sagte, dass das hier nicht richtig war, dass das zwischen ihr und mir nicht sein sollte, dass wir das aufgegeben hatten.

Es gab kein Wir mehr, kein meine Aria. Meine Aria war vor siebzehn Jahren nach Seattle gegangen, hatte mein Herz mit sich genommen und ich hatte mich nie davon erholt.

Und genau das war der Grund, warum ich das hier nicht tun durfte.

Sie hatte mich damals schon zerstört, aber ein weiteres Mal würde ich es nicht überleben – definitiv nicht. Aria hatte mir das Herz gebrochen, und wenn sie mich das nächste Mal verließ, dann würde ich nicht mit diesem kleinen, jugendlichen Leichtsinn-Schaden davon kommen, sondern sie würde meine Welt in ihren Grundfesten erschüttern und mir jeglichen Überlebenswillen rauben.

Ich musste das hier beenden, musste einen Punkt setzen, bevor das zu mehr wurde.

Zu einem Mehr, das ich nicht ertragen würde, so viel war sicher. Also zwang ich mich mit all meiner Kraft, diesen Kuss zu unterbrechen, mich von ihr zu lösen und einen Schritt rückwärts zu treten.

Angestrengt mied ich ihren Blick, konnte sie jetzt nicht anschauen, konnte nicht sehen, wie gut sie aussehen würde mit ihren weichen Locken um ihre runden Wangen, die Lippen geschwollen und glänzend von meinem Kuss.

Ich wusste, wie sie aussah, nachdem ich sie geküsst hatte, und ich konnte es jetzt nicht ertragen. Also fuhr ich mir mit meiner Hand durch die Haare und sah überallhin, nur nicht zu ihr, während ich einen weiteren Schritt zurückging.

Energisch schüttelte ich den Kopf, um in meinen Gedanken klar zu werden, während ich noch einen weiteren Schritt zurückging. Ich musste etwas sagen, irgendetwas, ein Wort, aber mir kam nichts über die Lippen. Mir fiel nichts ein, was ich jetzt sagen konnte. Nicht jetzt, nicht hier, ich musste mich erst einmal sammeln und sortieren, was dort in mir vor sich ging. Also sagte ich nichts, sondern drehte mich einfach um und ging in die entgegengesetzte Richtung davon, obwohl dort nicht einmal mein Auto stand. Ich musste nur weg hier. Weg von ihr, dieser Versuchung, der ich ganz eindeutig nicht gewachsen war.

ARIA

Meine Lippen kribbelten, als ich fassungslos hinter ihm her sah. Dem Mann, der mit einem einzigen Kuss meine Welt wieder einmal auf den Kopf gestellt hatte.

Und während ich seinen breiten, sich entfernenden Schultern hinterherblickte, wanderte meine Hand fast schon automatisch zu meinen Lippen. Sie fühlten sich rau und geschwollen an. Erinnerten mich mit jedem einzelnen Prickeln an diesen Kuss, der mir durch Mark und Bein gegangen war.

Warum hatte er das getan, wenn er danach doch wieder Reißaus nahm?

Warum küsste er mich und ging dann, als hätte ich die Pest und er wollte sich nicht anstecken? Und hatte ich an diesem Nachmittag gerade noch das Gefühl gehabt, dass wir ein paar Schritte vorwärtskamen in diesem Beziehungschaos zwischen uns, so hatte dieser Kuss und seine Folgen mir das absolute Gegenteil bewiesen.

Die Frage war nur: Warum hatte er mich geküsst, wenn er doch so ganz eindeutig nichts mit mir zu tun haben wollte?

Im Gegenteil, sogar die Flucht ergriff, nur um kein weiteres Wort mit mir zu sprechen.

Oder hatte ihn dieser Kuss und die Gefühle, die er auslöste, genauso durcheinandergebracht wie mich?

Nein, das konnte nicht sein. Immerhin war Hudson sich seiner Gefühle doch immer so klar und hatte auch damals völlig selbstverständlich einen Schlussstrich unter all das zwischen uns gezogen.

Ich biss mir auf die Unterlippe und versuchte ein wenig Klarheit in meine Gedanken, die umherwirbelten, zu bringen. Nein, da gab es nichts zu bedenken und nichts geradezurücken. Das war absolutes Kriegsgebiet der Schmetterlinge in meinem Bauch. Chaos-Magie, wie nur Hudson sie wirkte. Ein Durcheinander, das ich nicht entwirren konnte. Genauso wenig wie die letzten Schlachtfelder, die Hudson in meinem Leben hinterlassen hatte. Dieser eine Mann, der es schaffte, mit mir und meinen Gefühlen zu spielen wie ein Pianist auf einem Klavier, ohne dass es ihm auch nur den Hauch von Arbeit oder Mühe bereitete. Stöhnend wandte ich mich von ihm ab. Ich wollte nicht mehr auf den Rücken, der durch diesen grauen Mantel bedeckt war, starren. Ich wollte mich auf mein Leben konzentrieren und nicht völlig ausflippen, nur weil Hudson mich mir nichts, dir nichts einfach so um den Verstand geküsst hatte.

Mit zitternden Fingern sperrte ich das Auto auf, öffnete die Tür und ließ mich auf den Fahrersitz gleiten. Dann zog ich die Tür hinter mir zu und seufzte einmal tief, während ich mich zurücklehnte.

Was zum Teufel war da gerade geschehen? Es gab keine Worte dafür. Ich war vollkommen verwirrt, und wenn ich mein wild schlagendes Herz richtig interpretierte, dann würde das auch noch eine ganze Zeit lang so bleiben.

KAPITEL 4

HUDSON

Elsa ging es gut, den Welpen ebenso und auch die anderen Hunde hatte ich alle bereits versorgt. Es gab nichts zu tun an diesem Morgen. Der dritte nach dem Kuss mit Aria.

Wann ich diese After-Aria-Kuss-Zeitmessung wieder aufgeben würde – keine Ahnung. Es nervte mich selbst und dennoch: Egal, woran ich dachte, ich verknüpfte es immer einzig und allein mit diesem verhängnisvollen Kuss.

Wie es sein konnte, dass diese Frau nach all den Jahren noch so viel Macht über mich hatte, so viel Gefühle in mir auslöste, die dort gar nicht sein durften – ich verstand es nicht.

Absolut nicht. Null Komma null.

Im Gegenteil: Dieser Kuss hatte all das, was ich vor Jahren mühevoll in eine Schublade meines Gedächtnisses verpackt hatte, wieder aufgewühlt, neu aufgerollt und hatte mir all die offenen Schlachtfelder noch einmal vors Auge geführt.

Dieser Kuss hatte dafür gesorgt, dass ich mich erneut daran erinnerte, wie sehr Aria mir gefehlt hatte. Wie sehr sie damals Teil meines Lebens gewesen war und dann von heute auf morgen daraus verschwunden war.

Es hatte mich Jahre meines Lebens gekostet, diesen Verlust zu verarbeiten, obwohl ich es gewesen war, der die Trennung angestrebt hatte – aus Gründen.

Gründe, mit denen ich nie über Aria gesprochen hatte und auch nie mit ihr sprechen wollte. Es gab Dinge, die wollte ich lieber in meinem stillen Kämmerlein mit mir allein ausmachen, als sie mit der Frau zu diskutieren, die mir das Herz aus der Brust gerissen hatte.

Und das hatte sie, mein Gott.

Wochenlang hatte ich die schlimmsten Schmerzen meines Lebens ertragen. Schlimmer noch als den Verlust meines eigenen Vaters.

Okay, wir hatten uns vielleicht nicht immer so nahegestanden, aber dennoch hätte ich nicht gedacht, dass es etwas gibt, das mich so viel mehr aus der Bahn werfen könnte.

Doch das gab es. Aria. Diese eine Frau, die mir mein Herz gestohlen hatte.

Und weil ebenjene Frau mir nicht aus dem Kopf ging, musste ich mich beschäftigt halten. Das hatte heute früh um fünf damit angefangen, dass ich mich um alle Hunde gekümmert hatte und sogar die Ausläufe an Tag drei der Nach-Aria-Kuss-Rechnung picobello glänzten.

Also hatte ich mich dazu entschieden, hinüber ins Haupthaus des Winter Dream Resorts zu gehen und mich dort ein wenig von meinen Freunden und der Arbeit ablenken zu lassen.

Ich hielt mich sonst ganz gern fern, um mir nicht unnötig mehr Arbeit aufzuhalsen, aber im Moment konnte ich gar nicht genug Arbeit abgreifen.

Der Atem kam in kleinen Wolken aus meinem Mund, während ich den Parkplatz überquerte und dann die Stufen nach oben zu der riesigen Veranda mit den beheizten, kleinen Pools ging.

Manchmal fand ich es fast schon unbegreiflich, dass wir, meine Freunde und ich, all das erschaffen hatten. Aus dem Nichts gestampft, mit mehr oder weniger unseren eigenen Händen. Dieser Gedanke ließ mich lächeln, denn mir gefiel es, dass wir Erfolg hatten und uns hier unseren kleinen Lebenstraum von einer Selbstständigkeit geschaffen hatten. Wer konnte das in unserem Alter schon sagen? Millionenschwer aus eigenen Mitteln.

Okay, das ein oder andere Erbe spielte sicherlich mit rein, aber Calvin hatte uns definitiv geholfen, das Geld gut zu vermehren, um es dann in dieser Anlage in eine wahre Goldgrube zu verwandeln.

Ich ging durch die großen Glastüren in den Empfangsbereich und lächelte den Damen dort zu, die schon fleißig unsere Kunden abwickelten.

Die Mitarbeiter wurden gut bezahlt, schließlich wollten wir sie behalten. Gutes Personal wuchs hier draußen mitten im Nirgendwo nicht gerade an den Bäumen.

Etwas weiter rechts entdeckte ich Jude und Wesley, die gerade miteinander diskutierten. Also gesellte ich mich zu ihnen, zog auf dem Weg dorthin die Handschuhe und die Mütze aus und steckte beides in die Taschen meines Mantels. Meines viel zu schicken Mantels, den ich extra für mein Kaffee-Date mit Aria aus den Tiefen meines Schrankes gekramt hatte.

Um mir das nicht eingestehen zu müssen, zog ich ihn seitdem jeden Tag an. Ich wollte mich schließlich nicht lächerlich machen und ihn nur für diese Verabredung aus dem Schrank gezogen haben.

"Ne, ernsthaft, ich hab keine Zeit", sagte Jude in dem Moment an Wesley gewandt, der die Augenbrauen nach oben zog.

"Warum denn nicht? Es ist doch nur eine Quad-Fahrt."

Jude schnaubte. "Das ist eine Quad-Fahrt mit einer aufdringlichen, reichen Zicke, für die ich keine Zeit habe", sagte dieser und klang wirklich angewidert.

Ich verstand es, schließlich war das genau die Art Kundschaft, die mir selbst auch immer gehörig auf die Nerven ging.

"Und was soll ich ihr jetzt sagen? Dass du nicht mit ihr ausfahren willst, weil sie eine reiche, arrogante Zicke ist?"

Jude zuckte mit den Schultern. "Das ich keine Zeit habe."

"Uh, da hat aber einer gute Laune", sagte ich, als ich zu den beiden stieß.

Wesley seufzte. "Frag mich nicht, was mit dem Kerl los ist." Er deutete auf Jude und zuckte mit den Schultern. "Aber ich bin echt ein bisschen verzweifelt. Ich hab der guten Theresa versprochen, dass sie heute endlich das Gelände rund um das Winter Dream Resort zu sehen bekommen würde. Und ich habe Lilly und Leon versprochen, heute mit ihnen zu Mom zu fahren."

Wesley klang wirklich verzweifelt und am Ende mit den Nerven.

"Und das Problem ist?", fragte ich und verschränkte die Arme vor der Brust.

"Dass Jude keine Zeit hat und ich auch nicht."

"Ich kann es machen", sagte ich, war ich doch gerade sowieso auf der Suche nach Arbeit.

Wesleys Augenbraue schoss noch weiter nach oben. "Du, ernsthaft?"

Ich runzelte die Stirn. "Warum denn nicht? Oder hat sie keinen Bock auf eine Husky-Tour?"

Wesley lachte. "Das hat sie bestimmt, aber du bist doch der Erste, der die Füße in die Hand nimmt, wenn es darum geht, dass eine Kundin gern …", er setzte mit den Fingern in Anführungszeichen, "aufdringlich wird."

Ich schnaubte. "Ich bin wohl professionell genug, um damit umgehen zu können."

Zumindest damit würde ich umgehen können. Professionell genug, um mit Aria umgehen zu können, war ich definitiv nicht. Und mein Kaffee-Date hatte gezeigt, dass ich es auch niemals sein würde.

Wenige Stunden hatten gereicht, um zu demonstrieren, wie willenlos ich in ihrer Nähe wirklich war. Das würde mir mit einer wildfremden Schnepfe draußen in den Wäldern ganz bestimmt nicht passieren.

Ganz egal, wie sehr sie versuchen würde, sich mir aufzudrängen. Wir alle kannten diese Art Kundschaft gut, die lieber in Naturalien bezahlen wollte.

"Also dann ist die Sache gebongt", sagte Jude, als hätte er gerade den Sechser im Lotto gewonnen, klopfte mit der flachen Hand auf den Tresen und verschwand so schnell, dass ich fast schon an übernatürliche Kräfte glaubte.

"Was ist denn mit dem los?", fragte ich Wesley. Dieser sah mich an und musterte mich dabei von oben bis unten.

"Was ist mit dir los, ist die viel spannendere Frage."

Ich schnaubte. "Nicht dein Ernst? Er ist gerade davongerannt, als wäre der Teufel persönlich hinter ihm her."

Wesley lachte auf und sagte: "Der Teufel trägt Prada." Dann deutete er in Richtung des Café-Bereichs. "Und wenn man vom Teufel spricht, da kommt er … in Prada. Viel Spaß, mein Freund."

Anschließend klopfte er mir auf die Schulter, und ein Blick über selbige zeigte mir eine hochgewachsene, schlanke Blondine – Modell Designer-Tussi aus der Großstadt.

Verdammt, vielleicht hatte ich da wirklich ein bisschen zu große Sprüche gerissen.

Aber was solls, ich würde sie einfach mit meinem Schlitten mitnehmen und zusammen mit ihr in der Wildnis die Welt vergessen. Und hoffentlich, mit ein klein wenig Glück, auch Aria.

ARIA

"Nein, Pete, du darfst diese Salbe nicht für dich nehmen."

"Aber warum nicht?", brummte der alte Mann und sah missmutig drein. Die Falten in seinem wettergegerbten Gesicht vertieften sich dabei.

"Weil sie für deinen Hund ist, Pete. Du kannst nicht alle Medikamente, die ich dir für die Tiere dalasse, einfach für dich nehmen."

Er grummelte unwillig. "Na dann muss ich bis in die Stadt fahren, um zu einem Menschenarzt zu gehen. Das lohnt sich überhaupt nicht."

"Es lohnt sich, Pete. Es ist deine Gesundheit. Du solltest dir doch ein bisschen Zeit gönnen."

Ich lächelte freundlich, auch wenn ich ihn manchmal gern schütteln würde, weil er einfach nicht einsah, dass Tiermedikamente nicht uneingeschränkt bei Menschen angewendet werden konnten.

"Aber es ist doch nur eine Salbe", sagte er wieder und ich verdrehte die Augen.

"Wenn das weiter so geht, kann ich dir keine Salben mehr für die Tiere dalassen."

Er rümpfte die Nase und machte eine wegwerfende Geste. Dann öffnete er die Haustür.

Das war wohl mein Rauswurf.

Wahrscheinlich hatte ich ihm einmal zu deutlich gesagt, was er alles nicht durfte, und das tat man bei einem siebzigjährigen Mann einfach nicht. Schon gar nicht *als junges Mädchen*, wie er mich immer betitelte.

Zusammen traten wir auf die Veranda und ich gab ihm noch einige Hinweise zu der Herzmedikament-Dosierung für seinen kleinen Dackel.

"Ich mach das, Aria, ich mach das", sagte er und klopfte mir auf die Schulter. Dann kniff ich die Augen zusammen und sagte: "Das ist kein Herzmedikament für Menschen, Pete. Denkst du daran?"

Er nickte. "Von meinen hab ich viele, aber vielleicht kann ich die mal für den Hund aufbrauchen."

Ich stöhnte, entdeckte dann aber das kleine Grinsen auf seinen Lippen.

"Also gut. Wir sehen uns in zwei Wochen zur Nachkontrolle."

Er nickte, und ich ging die Stufen in Richtung

Parkplatz nach unten. Da entdeckte ich auf der anderen Seite der Lichtung einen Husky-Schlitten und beinahe augenblicklich auch Hudson. Ich hätte ihn wohl aus Hunderttausenden heraus erkannt, auch wenn ich nicht gewusst hatte, dass er der einzige Mann in der Gegend ist, der diesen alten Schlitten seines Vaters fuhr.

Er lachte und wirkte rundherum zufrieden, während eine für eine Huskyschlitten-Tour ziemlich schick gekleidete Blondine vor ihm auf und ab stolzierte.

Ich kniff die Augen noch enger zusammen und versuchte genauer zu erkennen, wer sie war. Sie sah atemberaubend aus mit ihren langen blonden Haaren.

Waren die echt oder waren das Extensions? Solche Haare konnten nicht echt sein, oder? Nichts an ihr konnte echt sein, auch nicht diese vollen Lippen und diese Wimpern, die ich bis auf der anderen Seite der Lichtung erkannte.

In diesem Moment kicherte sie – ebenfalls unecht – und warf sich an Hudsons Seite. Dieser fing sie auf und schlang einen Arm um ihre Mitte. Mit der gleichen Bewegung hätte er mir auch einen Dolch ins Herz rammen können.

Verdammt! War das sein Ernst?

Andererseits war er vielleicht deswegen vor unserem Kuss so geflüchtet, weil er eigentlich Little Miss Perfect als Freundin hatte und sich die ganze Geschichte nicht mit einem Flirt mit mir versauen wollte? Schließlich hatte er niemals gesagt, dass er Single wäre … oder?

Ich hatte es einfach angenommen. Niemand hatte jemals etwas Gegenteiliges erzählt, und hier in der Gegend konnte niemand etwas für sich behalten. Es gab keine Geheimnisse unter den Bewohnern dieser verlassenen Gegend.

Aber vielleicht war es einfach noch so frisch, dass ich nichts davon wusste. Sie schienen auf jeden Fall irgendwie vertraut miteinander. Vielleicht nicht ganz entspannt, aber wer wusste schon, ob das zwischen ihnen noch eine neue Geschichte war und sie einfach die Grenzen des anderen noch nicht abschätzen konnten.

Hudson schien auf jeden Fall nicht unzufrieden, als er Blondie vorn in seinen Schlitten half, als wäre sie die Queen persönlich, und sich dann wieder hinten auf das Trittbrett stellte. Sie sagte etwas grinsend über ihre Schulter und Hudson kam noch mal nach vorn und steckte eine Decke um ihre dünnen Beinchen herum fest.

Natürlich brauchte sie eine Decke, sie hatte keine schützende Speckschicht wie ich und musste in warme Felle eingehüllt werden, damit ihre dünnen Beinchen nicht abstarben.

Okay, ich war gemein und schüttelte über meine eigene Boshaftigkeit den Kopf. Verdammt, es tat aber einfach zu sehr weh, ihn so fürsorglich mit dieser Frau zu sehen, die ich nicht kannte und auch nicht kennen wollte. Ich wollte Hudson für mich haben. Für mich allein, selbst wenn es vollkommen blödsinnig war.

Zwischen uns war nichts außer unserer Vergangenheit und dieser eine Kuss, der nicht hätte sein dürfen. Hudson und ich waren nichts, nicht einmal alte Freunde. Wir waren Fremde, die sich aus Kindertagen kannten.

Nicht mehr und nicht weniger. Ich sollte mir das eingestehen und diese blödsinnige Hoffnung, dass da wieder mehr zwischen uns sein könnte, nicht weiter pflegen.

In den letzten Tagen hatte ich so viel über den Kuss nachgedacht, über Hudson und seine Beweggründe, dass es mich fast in den Wahnsinn getrieben hatte. Mehr als einmal hatte ich zu dem Telefon gegriffen und war versucht, ihn anzurufen, nur um dann wieder aufzulegen, weil ich das nicht durfte, weil mir das nicht zustand.

Hätte Hudson mich sprechen wollen, hätte er mich

angerufen, nicht wahr? Und damals hatte er mehr als deutlich gemacht, dass zwischen uns beiden nichts mehr war und nichts mehr werden würde. Ich hätte mich zu jener Zeit damit abgefunden und ich würde es heute tun. Auch wenn Hudson das Messer in meiner Brust gerade umdrehte, als er Blondchen in seinem Schlitten anlächelte, dann auf das Trittbrett stieg und endgültig mit den Hunden und seiner Prinzessin davonfuhr.

Ich wollte kotzen – direkt hier und jetzt in den Schnee. Aber ich konnte Pete schließlich keine hässlichen Kotzflecken vor seiner Haustür zurücklassen.

Das durfte doch alles nicht wahr sein. Wie hatte ich mich wieder einmal so in diese Sachen mit Hudson verrennen können, dass er mir erneut das Herz brechen konnte?

Ich hatte doch überhaupt keine Zeit für einen Mann. Ich hatte quasi niemals Feierabend, arbeitete sieben Tage die Woche, vierundzwanzig Stunden am Tag, unterbrochen durch ein paar Stunden Schlaf, wenn meine Kunden mich ließen.

Wann sollte ich schon eine Beziehung führen? Wann sollte ich Zeit für einen Mann haben, der wirklich mehr von mir wollte als ein paar gestohlene Stunden Sex.

Es hatte ja noch nicht einmal während meines

Studiums geklappt, als ich noch relativ viel Zeit gehabt hätte und eine Fernbeziehung durchaus im Bereich des Möglichen gewesen wäre. Von meiner Seite aus – von Hudsons eher nicht. Schließlich hatte er mich so schnell verlassen, wie ich niemals damit gerechnet hatte. Ich war erst wenige Wochen am Campus gewesen, hatte gerade die ersten Freunde gefunden und Verabredungen zum Lernen oder am Abend getroffen.

Und dann, aus dem Nichts, aus dem heiteren Himmel hatte Hudson mein kurzes Glück einfach beendet. Schluss, aus, vorbei. Arias Herz gebrochen.

KAPITEL 5

HUDSON

Tag fünf after Aria.

Verdammte Scheiße, wie konnte sich diese Frau in meinem Kopf so festsaugen wie eine verfluchte Zecke an einem meiner Hunde im Sommer? Es nervte mich, dass ich so wenig Selbstbeherrschung hatte. Dass ich so wenig Einfluss auf meine Gedanken und Gefühle hatte. Ich, ein erwachsener Mann.

Und ich hatte wirklich alles versucht. Von viel Arbeit, über ein gutes Buch, bis hin zu einem Flirt mit einer wirklich dummen Frau. Einfach aus der Verzweiflung heraus, dass ich meine Ruhe vor diesem Chaos in meinem Kopf wollte.

Aber Theresa hatte mich nicht im Mindesten interessiert. Und die Flirts, die ich mit ihr versucht hatte, hatten mich noch nicht einmal während des Flirts ablenken können.

Ich hatte die ganze Zeit nur darüber nachgedacht, dass ihr Lächeln nicht so schön ist wie Arias, dass ihre Augen nicht so schön sind wie Arias, dass ihre Haare nach Plastik aussehen und bei Weitem nicht so weich sein konnten wie Arias. Dass überall an ihrem Körper Knochen hervorstanden, wo bei Aria weiche, schöne Rundungen waren.

O Mann, so machte Flirten definitiv keinen Spaß.

Und an Tag fünf After-Aria-Kuss war keine Besserung in Sicht. Überhaupt nicht. Im Gegenteil. Ich saß wie ein Häufchen Elend in der Wurfbox, in der Elsa sich ganz liebevoll um ihre Welpen kümmerte, und konnte an nichts anderes denken, als dass ich Aria anrufen sollte. Und das nur, weil ich eine Ausrede hatte, sie anzurufen, denn einer der Welpen hatte eine merkwürdige Beule am Kopf. Eine Beule, von der ich absolut nicht wusste, woher sie kommen konnte. Aber zu jeder anderen Zeit hätte ich wohl mit den Schultern gezuckt und gedacht, dass ebenjene Beule schon wieder weggehen würde. Sie würde schon von selbst verschwinden, und es war noch lange kein Grund, deswegen zum Tierarzt zu rennen.

Aber es war eine Ausrede, um Aria wiedersehen zu können. Innerlich war ich hin- und hergerissen, ob ich diesem Verlangen nachgeben sollte oder nicht. Ich wollte sie wiedersehen und wusste gleichzeitig, dass das doch alles nur noch viel schlimmer machen würde. Ich würde niemals meine Ruhe finden, wenn ich Aria nicht wieder vollkommen aus meinem Leben streichen würde. Genauso wie vor siebzehn Jahren, ein klarer harter Schnitt, der mich zwar zeitweise in den Wahnsinn treiben würde, aber mit dem ich dann irgendwann nach Jahren meine Ruhe finden konnte.

Ehe ich es richtig realisierte, hatte ich mein Handy hervorgekramt und Arias Nummer gewählt. Ich sah die Punkte neben ihrem Namen und dann erklang das Freizeichen. Ich hatte sie angerufen, ich hatte mich nicht bewusst dazu entschieden, und dennoch hatte ich sie angerufen. Wie viel armseliger konnte ich noch werden?

"Hudson, hallo?", hörte ich ihre Stimme und mein Herz setzte einen Schlag lang aus.

Verdammte Scheiße, ich war armselig. Armseliger als jemals zuvor in meinem Leben.

"Hudson?", fragte sie erneut und ich hob das Telefon schnell an mein Ohr.

"Aria, hi. Sorry die späte Störung", sagte ich, und sie antwortete nicht.

Warum das meinen Magen zusammenkrampfen ließ, wusste ich nicht, aber es fühlte sich irgendwie an, als hätte sie mir allein mit ihrer Nicht-Antwort einen Korb gegeben, wo ich nach gar keinem Date gefragt hatte. Ich wollte ja auch kein Date mit ihr, ich wollte Hilfe mit den Welpen, wo ich keine Hilfe brauchte, um sie wiederzusehen.

Fuck!

"Aria, einer der Welpen hat eine komische Beule am Kopf."

"Beule?", fragte sie und klang schon interessierter.

Okay, eine komische Beule am Kopf eines Welpen war also interessanter als ich als Mann. Danke!

Ich rieb mir mit der Hand über die Augen und versuchte diese absolut unangebrachte Enttäuschung wegzurubbeln.

"Ja, genau, eine Beule. Kannst du kommen und sie ansehen?", fragte ich, und wieder war es eine Weile still.

"Ich hab eigentlich schon Feierabend", antwortete sie dann und hätte mir damit auch gleich eine Ohrfeige geben können.

"Feierabend, ach so … ähm … okay", stotterte ich und würde dafür an meine andere Wange klatschen. O Mann, armselig, ich sags noch mal, armselig.

"Okay, ähm, also gib mir eine halbe Stunde, dann

bin ich da", sagte sie schließlich, und ich sollte eigentlich sagen, dass es nicht so dringend wäre und dass der nächste Tag auch noch reichen würde, aber ich tat es nicht.

Ich tat es nicht, weil ich sie wiedersehen wollte, weil ich sie wieder in meiner Nähe haben wollte, weil ich sie bei mir brauchte, ihren Geruch und ihr Lächeln.

Sie.

ARIA

Widerwillig war ich erneut von meinem Sofa aufgestanden, um zu Hudson zu fahren. Nicht nur, weil ich meine Füße eigentlich schon oben hatte und meinen Feierabend genießen wollte, sondern auch widerwillig, weil ich Hudson nicht wiedersehen wollte. Diesen Mann, der mir wieder einmal, ohne es zu wissen, das Herz gebrochen hatte.

Ich hatte mir alles wohl nur eingebildet, was da zwischen uns gewesen war. Dieser wunderschöne, leichte Nachmittag und der Kuss, in dem er geendet hatte.

Das Bild von ihm und Barbie ging mir nicht aus

dem Kopf und meine absolute Horrorvorstellung bestand darin, dass ich Barbie bei ihm zu Hause antreffen würde, während ich nach meinem Feierabend nach einem seiner Welpen sah und Barbie sich halb nackt oder in einem dieser lächerlichen Dessous auf seinem Sofa rekelte.

Verdammte Scheiße, das wäre mein absoluter Albtraum!

Dennoch konnte ich ihn nicht abweisen. Nicht Hudson, wo ich doch wusste, dass er nicht wegen einer Kleinigkeit anrief. Im Gegenteil, meistens spielte er solche Sachen doch eher runter.

Also hatte ich mich in mein noch warmes Auto gesetzt und war zu ihm gefahren und versuchte mich jetzt dazu zu überwinden, auszusteigen und in dieses Haus zu gehen, in dem mich mein absoluter Albtraum erwartete.

Schließlich hatte Hudson mich aber gesehen oder die bellenden Hunde hatten mich verraten, denn er öffnete die Tür und beobachtete mich aus dem Türrahmen heraus. Zumindest stand Barbie nicht hinter ihm, also seufzte ich, straffte die Schultern, packte meine Tasche und stieg aus.

"Wie schlimm ist es?", fragte ich ohne eine Begrüßung und ging die Stufen nach oben.

"Ich habe keine Ahnung, ich hab so etwas noch

nicht gesehen", antwortete er, trat beiseite und machte eine einladende Handbewegung.

Ich spürte seine Blicke auf mir, versuchte sie zu ignorieren, denn sie bedeuteten nichts. Sicherlich hatte ich mir alles nur eingebildet, zwischen Hudson und mir war gar nichts.

Wichtig war einfach, professionell zu bleiben, kühl und abgeklärt. Am Ende war ich hier, um meinen Job zu machen, und nicht, um mit Hudson zu flirten oder irgendetwas zwischen uns voranzutreiben.

Okay, das war ich auch beim letzten Mal nicht gewesen und trotzdem hatten – zumindest auf meiner Seite – die Funken gesprüht. Die auf seiner Seite hatte ich da wohl hineininterpretiert.

Erleichtert stellte ich fest, dass von Barbie weit und breit nichts zu sehen war. Ich konnte mir gerade noch so die Frage verkneifen, wo sie denn war oder ob er sie in seinem Schlafzimmer versteckte. Das wäre kindisch und lächerlich gewesen.

Dann untersuchte ich den Welpen. Es war eine wirklich merkwürdige, ziemlich große Beule über seinem Auge. Sie war hart und schien nicht schmerzhaft zu sein. Ich konnte aber auch keine Verletzung oder Ähnliches finden.

"Hm", sagte ich, "ich muss ehrlich sein, Hudson, ich hab keine große Ahnung, woher sie kommt. Ich gehe davon aus, dass die Hündin ihn entweder mit dem Eckzahn erwischt hat oder er irgendwo dagegengeflogen ist. Das geht einfach schnell bei diesen winzigen Mäusen."

Der kleine Wicht wand sich in meinem Griff, er war so flauschig und wunderschön wie alle anderen Welpen.

Ich nutzte die Gelegenheit und untersuchte eines der Babys nach dem anderen und sah mir dann auch noch mal Elsas Wunde an.

"Das sieht gut aus, das sieht alles gut aus. Du brauchst dir keine Sorgen zu machen."

"Soll ich ihm irgendetwas geben?", fragte er, und ich schüttelte den Kopf.

"Nein, ich denke, es wird von alleine wieder weggehen. Du musst dem Ganzen einfach ein bisschen Zeit geben und es beobachten."

"Okay."

Hudson klang nicht sonderlich zufrieden, was ich verstehen konnte. Mir wäre auch lieber gewesen, wenn ich dem Welpen direkt helfen konnte. Doch um ehrlich zu sein, hätte ihm das auch klar sein müssen. Es war schließlich nicht sein erster Wurf und er kannte durchaus die größeren und kleineren Problemchen, die man einfach nicht mit einem Fingerschnippen beheben konnte.

Genauso wenig wie diese größeren Problemchen zwischen uns.

"Ja, genau, also meine Hilfe wirst du dabei eher nicht brauchen", sagte ich und packte zielstrebig meine Sachen zusammen. Ich mied seinen Blick und seine Nähe und versuchte zu ignorieren, wie gut hier alles nach Hudson roch.

Er trieb mich in den Wahnsinn – wirklich. Und das, obwohl er noch nicht einmal irgendetwas tat, um mir nahe zu sein oder mich erneut zu küssen. Dabei sehnte ich mich nach nichts mehr als einem weiteren seiner Küsse, seiner weichen Lippen auf meinen und dem kratzigen Bart an meinem Gesicht. Ich wollte ihm nahe sein, seine starken Arme um mich spüren und seinen Duft einatmen. Ich wollte all das und noch viel mehr.

Ich wollte Hudson, wie ich ihn schon mein ganzes Leben gewollt hatte.

Also warf ich mir die Tasche über die Schulter und trat die Flucht an – schnellstmöglich in Richtung Ausgang. Ich musste hier raus, bevor ich mich dem Kerl an den Hals warf, der doch bestimmt gleich noch ein Date mit Barbie hatte.

"Was ist los, Aria?", fragte er und folgte mir.

"Nichts", gab ich zurück und eilte den Flur entlang.

"Es ist nicht nichts."

"Es ist nichts", wiederholte ich und griff nach der Türklinke, doch in diesem Moment hatte er mich eingeholt, legte seine Hand über meine und hinderte mich daran, die Tür zu öffnen.

"Lass mich gehen", bat ich und hörte selbst, wie flehend meine Stimme klang.

Lächerlich, absolut lächerlich, Ich war doch eine gestandene Frau und konnte wohl damit umgehen, dass ein Mann mich nicht wollte. Dass Hudson mich nicht wollte.

"Aria, rede mit mir", forderte er so harsch, dass es mir kalt den Rücken hinunterlief.

"Nichts, ich hab mir das alles nur eingebildet", sagte ich viel zu leise, viel zu weinerlich. So weinerlich, dass ich mir gern selbst eine geohrfeigt hätte.

"Was eingebildet?", forderte er, griff nach meinen Schultern und drehte mich von der Tür weg. "Was hast du dir eingebildet?", fragte er und musterte mich mit seinem intensiven Blick.

Ich hasste diesen Blick, ich hatte ihn schon immer gehasst, weil es sich anfühlte, als könnte er bis in meine Seele blicken.

Ich schüttelte den Kopf, doch er starrte mich nur weiter an.

"Was, Aria?", forderte er und ich zuckte unter der

Macht seiner Stimme beinahe zusammen. Eine Macht, die nur Hudson über mich hatte, die mir das Gefühl gab, dass ich ihm willenlos folgen sollte.

"Dass da … dass da noch immer etwas zwischen uns ist", stammelte ich und versuchte seinem Blick auszuweichen.

"Etwas, was da nicht sein sollte", knurrte er beinahe und seine Stimme war rau vor Schmerz. Ein Schmerz, den ich nicht verstand.

"Etwas, was da nicht ist", versuchte ich mich selbst zu überzeugen und dachte daran, wie er mit Barbie gewesen war. So anders als mit mir. So warm, so freundlich. Keine Ahnung, wann er das letzte Mal so zu mir gewesen war, aber es schien ein ganzes Leben lang her zu sein.

"Was da nicht sein sollte", sagte er noch mal, und ich schüttelte den Kopf.

"Nein, was da nicht ist. Du warst doch erst auf Liebeskuscheltour mit Barbie", sagte ich und konnte die Verbitterung nicht aus meiner Stimme halten. Wie armselig ich war, ihm das vorzuhalten, wo nichts zwischen uns war – seit Jahren nicht.

Er lachte hart auf. "Spinnst du?"

Das ließ meine Augenbrauen nach oben schnellen. "Ich glaube eher, du spinnst, wenn du das leugnest. Aber keine Angst, ich verstehe das natürlich, ich weiß doch, dass das zwischen uns nie wirklich eine Chance hatte, dass du schon immer viel zu gut für mich gewesen warst und Barbie genau deine Kragenweite ist. Nicht ich. Nicht die Pummelfee, sondern Barbie goes to Hollywood", sagte ich und meine Stimme brach. Ich hasste mich dafür, wie angeschlagen und weinerlich ich klang.

Aber es war die Wahrheit, Hudson war so viel besser als ich.

Also fuhr ich fort und zählte ihm ein Argument nach dem anderen auf, warum Barbie so viel besser für ihn war als ich und dass ich das natürlich verstehen konnte und dass er sich keine Sorgen zu machen brauchte. Dass ich trotzdem kommen würde, um ihm mit seinen Tieren zu helfen, wann immer er Hilfe brauchte. Weil er doch mein Freund war – schon mein ganzes Leben lang.

Ich redete mich um Kopf und Kragen, während Hudsons Miene sich immer weiter verdüsterte. Schließlich schüttelte er mich sogar in dem verzweifelten Versuch, um meinen etwas unangebrachten Gefühlsausbruch zu unterbinden.

Aber ich konnte nicht anders, ich wusste mir einfach nicht zu helfen und musste mir selbst darüber klar werden, dass das zwischen Hudson und mir nie eine Chance gehabt hatte.

HUDSON

Ich hasste all den destruktiven Kram, den sie da von Minute zu Minute mehr von sich gab. All die schlechten Sachen, die sie über sich sagte, Sachen, die nicht wahr waren, weil sie doch die mit Abstand beste Frau war, die ich in meinem ganzen Leben kennengelernt hatte.

Wie konnte sie so schlecht über sich denken, über all diese Dinge, die ich so sehr an ihr liebte.

Ich hasste sie dafür und sie hörte nicht auf damit. Sie stoppte nicht, nicht unter meinem strengen Blick, nicht unter meinem Schütteln, nicht unter meinen immer wieder eingeworfenen Neins. Sie hörte einfach nicht auf, und ich konnte dieses destruktive Gequatsche nicht ertragen. Sie sah sich in einem ganz anderen Licht, als ich es tat, und ich hasste es.

Ich wollte ihr sagen, wie schön sie war und wie wundervoll und dass sie der Mittelpunkt meines Lebens war, egal ob sie hier war oder in Seattle.

Ich wollte ihr sagen, wie perfekt sie war, wie klug, wie witzig, wie unfassbar liebenswert. Aber so schnell, wie sie die schlechten Dinge über sich aus sich herausschnellen ließ, konnte ich keine Antworten finden und alle Worte hätten sich nur wie Floskeln angehört.

Also tat ich das Einzige, was mir einfiel, was ihren Redefluss stoppen könnte. Nahm ihr Gesicht in meine Hände und presste meine Lippen auf ihre. Die schlagartige Ruhe tat meiner Seele gut, denn alles, was sie gesagt hatte, war wie Stiche in mein Herz.

Ich küsste sie tief und intensiv, schmeckte sie, roch sie, spürte sie und wusste, dass das hier etwas war, was ich mit keinem anderen Menschen jemals in meinem Leben haben würde. Dass sie die eine Frau war, die ich immer an meiner Seite haben wollte. Die perfekt für mich war.

Mein Soulmate.

ARIA

Sein Kuss überrumpelte mich. Ich hatte mit allem gerechnet, aber damit nicht. Niemals!

Ich wollte mehr davon, brauchte mehr davon, denn jede Sekunde, die seine Lippen die meinen berührten, fühlte sich absolut fabelhaft an und so, als würde er damit Stich um Stich die klaffende Wunde in meinem Herzen zunähen, als würde er all die kleinen und großen Verletzungen meiner Seele einfach so reparieren.

Ich ließ meine Taschen fallen und klammerte meine Hände in Hudsons weichen Pullover. Meine Augen brannten vor ungeweinten Tränen. Schon zuvor, aber jetzt nur noch mehr. Noch nie in meinem Leben war ich so von meinen Gefühlen hin- und hergerissen gewesen. Voller Trauer und Liebe zugleich. Ein gebrochenes Herz voller Sehnsucht nach dem Mann, den ich jetzt tatsächlich in den Händen hielt.

Mein Gott, ich vermisste ihn schon so lange und so intensiv, dass mir dafür die Worte fehlten. Ich vermisste alles an ihm, die Art, wie er mich ansah, wie er mich berührte, wie er mich küsste. Ich vermisste die Wärme seines Körpers und seinen Geruch, genauso wie das Gefühl seiner Haut an meiner … und davon bekam ich nun die volle Dosis, denn Hudsons Hand schob sich über meinen Rücken und unter meinen Pullover.

Ich erschauderte und liebte dieses Gefühl, liebte ihn, den Mann in meinen Armen. Ich liebte ihn schon mein ganzes Leben, ohne Unterbrechungen, ganz egal, wie sehr ich versucht hatte, diese Gefühle zu ignorieren. Ich hatte versucht, ihn aus meinem Leben zu streichen und mein eigenes Ding zu machen.

Ohne Erfolg.

Hudson hatte immer in mir geschlummert und meine Liebe zu ihm war mit unserer ersten Begegnung sofort wieder entflammt.

Er küsste mich fordernder als beim letzten Mal, und das sorgte dafür, dass mein Körper brannte. Jede Zelle war auf Empfang und sehnte sich nach mehr seiner Berührungen.

Und Hudson gab mir, was mein Körper sich wünschte, als könnte er hören, was ich hörte: das verzweifelte Betteln meiner Seele nach mehr.

Er schob mich rückwärts den Gang entlang, und ich hatte eine vage Ahnung, wohin wir gerade stolperten. Sein Schlafzimmer.

Ich sollte nicht dort sein, nicht, wo ich doch wusste, dass Hudson mir das Herz brechen würde, aber ich brauchte ihn. Brauchte ihn ein letztes Mal, wollte noch einmal spüren, was nur er mir zu geben in der Lage war.

Also ließ ich es zu, hörte auf zu denken und fühlte nur noch. Die Empfindungen überrollten mich, sorgten dafür, dass ich am ganzen Körper zitterte, als er Schicht für Schicht meiner Kleidung auszog.

Seine Lippen folgten der Spur freigelegter Haut, liebkosten jeden Zentimeter und trieben mich damit völlig in den Wahnsinn.

"Hudson", stöhnte ich, als er mich auf sein Bett drückte und sich über mich schob. Seine Haut an meiner zu spüren, ließ meinen Körper beben.

Es war wie ein Traum, als wäre ich in eine meiner kostbaren Erinnerungen mit ihm geschlüpft und dürfte noch einmal erfahren, wie gut er mir tat.

"Ich hab dich so vermisst", murmelte er und auch das musste ich träumen. Es war viel zu gut, viel zu schön.

Ehe ich antworten konnte, hatte er seine Lippen wieder auf meine gelegt und küsste mich erneut um den Verstand.

Ich ließ es zu, mochte nichts lieber auf dieser Welt, als mich noch einmal in Hudson zu verlieren.

Und dann spürte ich die pralle Spitze seines großen Schwanzes an meiner Mitte, spürte den mir so bekannten Druck, als er mich dehnte wie kein anderer in meinem Leben. Ich liebte die Art, wie er mich vollkommen ausfüllte, während er sich Zentimeter für Zentimeter tiefer in mich schob.

Keuchend bog ich mich ihm entgegen, wollte mehr von dieser süßen Ekstase. Die Fersen in seinen Po gedrückt, trieb ich ihn zu mehr Tempo an. Ich wollte ihn spüren, voll und ganz, wollte, dass er mir alles gab, wonach ich mich schon seit so langer Zeit sehnte.

Dann endlich nahm er seinen Rhythmus auf, war wie damals schon so vorsichtig mit mir, als wäre ich zerbrechlich.

"Gib mir mehr", bettelte ich, klammerte mich an ihn und genoss das Kratzen seiner Haare an meiner Brust.

Schneller und tiefer schob er sich in mich und sein Stöhnen vibrierte an meinen Lippen. Er füllte mich aus und nahm mich so hart, wie ich es liebte. Ich bekam nicht genug von dem Klatschen seiner Hüften an mir und seinen rauen Händen, die meinen Körper liebkosten.

Ich liebte die Art, wie seine Hände meine Brüste umschlossen, während seine Lippen und Zähne die empfindlichen Spitzen neckten.

Meine kurzen Nägel kratzten über seinen vollkommenen, muskulösen Rücken und die Schultern, die mich so einrahmten.

Er schmeckte so gut, fühlte sich so perfekt an, noch um so vieles besser als damals.

"Fuck ... Baby", keuchte er, als die ersten Anzeichen meines Orgasmus hereinbrachen und meine Pussy sich wellenartig um seinen dicken Schaft verkrampfte.

Die Verzweiflung in seiner Stimme gab mir den Rest und stürzte mich endgültig über die Schwelle zu meinem Orgasmus, der mich höher trug als jeder andere in den letzten Jahren. Welle um Welle ritt ich an ihm und genoss diese süße, nicht enden wollende Lust, bis Hudson sich schließlich am ganzen Körper verkrampfte und mir in meinen Orgasmus folgte.

Meinen Namen keuchend brach er auf mir zusammen und ich spürte sein rasendes Herz an meiner Brust.

Ich liebte dieses Gefühl, wie ich es schon immer geliebt hatte.

Und ich liebte Hudson.

Für immer.

KAPITEL 6

HUDSON

Ganz langsam verließ mich der Schlaf und ich wachte auf an diesem sonnigen Morgen. Dass er sonnig war, war mir klar, bevor ich die Augen geöffnet hatte, denn die Sonne stach geradezu in meine Augen, obwohl ich die Lider noch geschlossen hatte.

Dennoch war dieser Tag nicht so beschissen wie manch anderer, denn ich hatte eine Frau in meinem Arm – und nicht nur irgendeine, sondern Aria. Ich konnte mich an jedes Detail der vergangenen Nacht erinnern, eins zu eins, als hätte ich es auf HD aufgenommen und könnte Szene um Szene wieder vor meinem inneren Auge abspielen.

Ich hatte ihren Geruch in meiner Nase, so süß und vollkommen, wie nur sie riechen konnte. Ihre seidenweichen Haare spürte ich an meiner Wange und konnte mich gerade noch so beherrschen, mich nicht noch mehr an sie zu drücken und meine Nase an ihrer Halsbeuge zu vergraben. Wecken wollte ich sie nicht. Dieser Moment sollte ewig dauern, obwohl ich doch wusste, dass er gestohlen war. Wie alles, was wir zusammen erlebt hatten.

Das hier war nicht echt, das hier war nicht das Happy End. Das hier war, was ich schon einmal mit ihr gehabt hatte. Es war wundervoll, atemberaubend und besser als alles andere, was ich erleben hatte dürfen.

Aber es war nicht die große Liebe, von der ich immer geträumt hatte. Zumindest nicht von beiden Seiten aus, denn für mich war Aria Miss Perfect, sie war mein Lebensmittelpunkt, meine große Liebe, meine Seelenverwandte.

Ich war für sie eben ein Mann, sicher nur einer, mit dem sie eben gerade zufällig in dieser Nacht Sex gehabt hatte.

Oder?

Ich hatte zumindest für einen Moment das Gefühl gehabt, dass sie am Abend zuvor ein kleines bisschen eifersüchtig auf Theresa gewesen war.

Aber wahrscheinlich war es genau das eben – nur eingebildet.

Und dennoch brannte in mir das Bedürfnis, ihr zu sagen, dass zwischen Theresa und mir nichts gewesen war, nie etwas sein würde. Ich wollte alle Karten auf den Tisch legen, einmal blankziehen, einen Seelenstriptease, der mir voraussichtlich morgen oder vielleicht sogar schon später furchtbar leidtun würde.

Aber ich konnte nicht länger damit leben, ich konnte diese ganze Geschichte nicht noch einmal so tief in mich hineinfressen. Ich musste all das loswerden, was mir seit Jahren auf der Seele brannte.

Und ich musste es jetzt tun, denn ich spürte, wie Aria sich in meinen Armen regte, sich ganz langsam zur Seite drehte und sich an meine Brust schmiegte. Ihre Wange dicht über meinem klopfenden Herzen. So nah bei mir, wie sie jeden Moment meines Lebens hätte sein sollen.

"Guten Morgen", murmelte ich und küsste sie auf den Scheitel.

Sie bewegte sich nicht, war ganz starr, und vielleicht hatte ich sie mit dieser morgendlichen Begrüßung auch ein wenig überrollt, aber wie gesagt: Seelenstriptease – hier und jetzt, keinen Rückzieher machen, runter die Hosen, feuerte ich mich selbst innerlich an.

"Morgen", murmelte sie und legte dann den Kopf ein bisschen in den Nacken, bis wir unsere Blicke begegnen lassen konnten.

Ihre warmen braunen Augen musterten mich, als wäre ich eine Fata Morgana oder sie hätte sich das alles nur eingebildet. Ha! Dabei war ich doch derjenige, der in diesem bittersüßen Traum festhing.

"Es tut mir leid?", fragte sie, und ich konnte nicht anders, als kurz aufzulachen.

"Was tut dir leid?"

Sie zuckte ein wenig hilflos mit den Schultern und biss sich auf die Unterlippe.

Ich konnte kaum verstehen, warum sie sich so wand. Ich hatte sie doch schließlich geküsst und vollkommen überfallen mit dieser Aktion.

Sanft streichelte ich ihr über die Wange. "Es gibt nichts, wofür du dich entschuldigen solltest."

Da zuckte ein Mundwinkel. "Nun, ich bin, glaube ich, ziemlich über dich hergefallen, nicht wahr?"

Ich grinste sie an. "Oder ich über dich?"

Sie musterte mich einen Moment lang, dann kam so etwas wie Traurigkeit in ihren Blick. Etwas, das ich in diesem Moment absolut nicht an ihr sehen wollte. Also streichelte ich ihr erneut über die Wange.

"Es war nichts zwischen dieser Frau und mir, sie ist eine Kundin aus dem Resort und eine ziemlich verwöhnte Barbie, wenn du mich fragst", sagte ich lächelnd und suchte ihren Blick.

Die Unsicherheit darin traf mich wie ein Fausthieb in den Magen. Also streichelte ich weiter über ihre pfirsichweiche Haut.

"Sie bedeutet mir nichts, ich kenne sie doch überhaupt nicht." Aria war so wunderschön, wie sollte eine Frau wie Theresa da überhaupt mithalten? "Und um ehrlich zu sein", fuhr ich nach einer kurzen Pause fort, "gab es in meinem Leben niemanden, an dem ich ernsthaft Interesse gehabt hätte. Niemanden – außer dir."

Ihre Augenbrauen zuckten ein wenig zusammen und sie musterte mich, als wollte sie herausfinden, ob ich die Wahrheit sagte. Dabei war nichts an meinem Leben wahrer gewesen als diese Aussage.

Ich nickte bekräftigend. "Wirklich. Du, Aria, warst immer die einzige Frau in meinem Leben. Die einzige, die jemals mein Herz besessen hatte. Die einzige, die mir mehr bedeutet hatte. Du warst die einzige Frau, die ich jemals geliebt habe", schloss ich meinen irgendwie wirren und sich wiederholenden Monolog, doch Arias Gesichtsausdruck war nur noch verwirrter geworden.

"Aber warum … warum hast du mich dann verlassen?", fragte sie. "Damals, meine ich."

Ihre Augen zuckten und versuchten jeden Millimeter meines Gesichts zu scannen.

Seufzend fuhr ich mir über die Augen. "Ich habe doch von Anfang an gesagt, dass eine Fernbeziehung nicht funktionieren kann", murmelte ich und schob dann hinterher: "Was sich ja auch schnell bewiesen hat."

Ich konnte mir diesen Kommentar nicht verkneifen, er brannte mir einfach viel zu lange schon auf der Seele.

Aria schob sich ein Stück nach oben im Bett und stützte sich auf einem Unterarm ab, wodurch die Decke ein wenig nach unten rutschte und die Ansätze ihrer vollen runden Brüste freilegte.

Es fiel mir für einen Moment schwer, mich zu konzentrieren. Doch dann riss ich meine Augen von diesem wunderschönen Anblick los und suchte erneut ihren Blick.

"Na ja, es hat nicht funktioniert, weil du aus heiterem Himmel Schluss gemacht hast", sagte sie, und es klang beinahe anklagend.

Nun setzte auch ich mich ein bisschen auf und lehnte mich mit dem Rücken gegen das Kopfteil.

Ernst musterte ich sie. "Ist das dein Ernst? Aus heiterem Himmel?"

"Ja, aus heiterem Himmel", gab sie zurück und

klang dabei so selbstverständlich, dass ich ihr gern ihren wunderschönen Hals umgedreht hätte.

Wut kochte in mir hoch und ich konnte nicht länger einfach so dort sitzen bleiben, also sprang ich auf und war mir erst im nächsten Moment bewusst, dass ich jetzt nackt vor ihr stand. Aber es war mir egal, sie hatte doch sowieso schon alles an mir gesehen. Ich konnte nicht einfach so neben ihr liegen und sie im Arm halten, während sie die Unschuld vom Lande spielte.

Ich schnaubte und deutete dabei anklagend mit dem Finger auf sie. "Einen Scheißdreck aus heiterem Himmel. Du hast mich betrogen", zischte ich voller Überzeugung, doch die Verwirrung in ihrem Blick wurde nur noch größer.

"Ich dich betrogen? Wie kommst du denn auf diese komische Idee? Das stimmt absolut nicht."

Ich schnaubte.

"Tu nicht so unschuldig, Aria, ich weiß es genau. Ich habe Fotos, ich habe Leute dort gehabt, die mir live von deinem kleinen Techtelmechtel erzählt haben."

"Wer denn?", fragte sie und breitete die Hände aus wie dieses komische Emoji. "Mit wem soll ich dich betrogen haben? Ernsthaft, Hudson, ich war in meiner ganzen Studienzeit mit niemandem zusammen. Wie auch? Ich hab doch nur gelernt, die ganze Zeit, und wenn ich mich nicht gerade voll und ganz hinter Büchern versteckt habe, habe ich um das getrauert, was ich in uns verloren habe … in dir verloren habe."

Ihre Stimme brach am Ende des Satzes und mein Magen krampfte sich zusammen.

War das wirklich ihr Ernst? Nein, das konnte nicht sein, ich hatte doch Beweise. Sie konnte es jetzt noch so sehr abstreiten, es änderte nichts … oder?

Einen Moment sah ich mich im Raum um und dann erinnerte ich mich an diese kleine Kiste mit Aria-Erinnerungen, die ich ganz oben in meinem Schrank versteckt hatte. Erinnerungen an die schöne Zeit zwischen uns und dieses eine Foto, das dort ebenfalls wartete, das Zeitzeuge dieses Betrugs war.

Also ging ich hinüber zu meinem Schrank, riss ihn auf und holte diese Kiste hervor, die mein halbes Leben beinhaltete. Ich stellte sie ans Fußende des Bettes und suchte darin nach diesem einen Foto, das mir das Herz gebrochen hatte. Dann warf ich es vor ihr aufs Bett und sah beinahe augenblicklich das Erkennen in ihrem Blick.

"Da, ich wusste es doch!", sagte ich und verschränkte die Arme vor meiner Brust. Am liebsten wäre ich nicht nackt gewesen, aber mich jetzt anzuziehen war auch keine Option.

Ich wollte nicht schwach wirken und klein beigeben.

Aria lachte auf. "Ist das dein Ernst?" Sie deutete auf das Foto, das ich mir so viele Millionen Male angesehen hatte, von diesem großen blonden Typen, der seinen Arm um ihre Schulter geschlungen hatte und wie sie sich an ihn schmiegte und zu ihm nach oben grinste, während sie zusammen in ein kleines Café gingen.

Ich könnte kotzen, wenn ich nur an den Anblick dieses Bildes dachte.

Wieder deutete sie auf das Bild. "Das ist Philipp."

Ich zuckte mit den Schultern. Es war mir scheißegal, wie dieser Typ hieß.

"Philipp … Philipp ist mein schwuler bester Freund seit meiner Studienzeit. Ich hatte ihn dort am Campus kennengelernt und wir hatten zusammen diese wirklich harten Jahre hinter uns gebracht", sagte sie, doch nur ein einziges Wort davon klingelte ein ums andere Mal in meinem Kopf.

"Schwul?", fragte ich.

Aria nickte. "Ja, ziemlich schwul. Verheiratet-mit-Mann-und-Kind-schwul", sagte sie dann herausfordernd, zog ihr Handy hervor und tippte darauf herum, bis sie ein Foto zum Vorschein brachte, das eindeutig den gleichen Mann zeigte mit einem anderen Mann an seiner Seite und einem kleinen Mädchen zwischen ihnen auf dem Arm.

"Schwul", sagte ich und konnte nicht fassen, was ich da sah. Ich blinzelte. War er damals schon schwul gewesen? Warum sollte Aria mir so eine Geschichte auftischen, wenn dem nicht so wäre?

"Ja, schwul, Hudson", sagte sie und verdrehte die Augen. "Mein Gott, ernsthaft, und wegen diesem Bild hast du mit mir Schluss gemacht?", fragte sie ungläubig und starrte mich mit offenem Mund an.

Ja, wenn man es so sagte, dann hörte es sich vielleicht wirklich dämlich an. Ich rieb mir über den Nacken und versuchte das Kribbeln auf selbigem zu verscheuchen.

Fassungslos setzte ich mich und erzählte ihr von Frank, der mir damals das Bild und ein ziemlich langes Telefonat aufgedrückt hatte.

"Frank? Peterson Frank?", fragte sie dann und zog die Augenbrauen zusammen.

Ich nickte.

"O Gott, er hat mich das ganze Studium verfolgt", sagte sie und schüttelte sich dann. "Er war fast schon ein Stalker, und ich hatte überlegt, ob ich ihn nicht bei der Campus-Polizei melden sollte."

"Er wollte etwas von dir?"

Sie nickte. "Das macht auch Sinn, dass er dir dann

solche Storys ins Knie geschraubt hat. Er wollte wahrscheinlich sichergehen, dass das mit uns endgültig vorbei war."

Ich legte mich hin und rieb mir erneut über die Augen. "Ernsthaft, ich dachte, ich könnte ihm vertrauen. Wir haben uns doch bereits seit der Schulzeit gekannt."

Aria lachte. "Ja, und auch in der Schulzeit war er schon immer hinter mir her. Ist dir das nie aufgefallen?"

Ich schüttelte den Kopf, denn es war mir nicht aufgefallen, zu dieser Zeit gab es für mich nur Aria und all den Schmerz rund um meine Familientragödie.

Sie griff nach meiner Hand und drückte sie leicht.

"Das wars? Das war es wirklich?", fragte sie und klang ein kleines bisschen fassungslos.

Ich nickte. "Das war der Anfang vom Ende."

Dass ich so unsere Beziehung in den Sand gesetzt hatte, konnte ich aus heutiger Sicht kaum glauben und es mir nach diesem Gespräch auch nicht erklären. Einzig der Umstand, dass ich emotional wirklich am Ende war zu dieser Zeit, war eine Entschuldigung.

Ich war fertig mit der Welt und hätte wahrscheinlich alles geglaubt, um mich weiter von der Welt abzuschirmen … ich Trottel!

ARIA

Hudson sah so geknickt aus, so gebrochen, dass mir die Worte fehlten. Ich konnte nicht anders, als ihm eine Hand an die Wange zu legen und tröstend über die rauen Stoppeln zu streichen.

Dabei sollte ich es doch sein, die sich verarscht fühlt oder gekränkt oder was auch immer, denn er hatte mich ohne ein Wort abgeschossen, hatte mich aus seinem Leben gestrichen, einfach nur, weil Frank eine Geschichte über Philipp und mich erzählt hatte.

Ich konnte es nicht fassen, doch auf der anderen Seite wusste ich doch, wie schlecht es ihm damals gegangen war, wie angekratzt er gewesen war und seelisch wirklich zerrüttet.

Ich hätte ihn damals nicht verlassen dürfen, ich hätte an seiner Seite bleiben müssen – zumindest ein Semester lang. Hätte ihm zurück auf die Füße helfen müssen. Aber ich war so sehr mit mir selbst und mit meiner Karriere beschäftigt gewesen, dass ich keine Kraft für den Schmerz und das Chaos in seinem Leben gehabt hatte. Denn um ehrlich zu sein, waren wir noch Kinder gewesen.

Vielleicht hatte ich mich aber auch einfach nur davor gedrückt, ich war mit alldem auch ein Stück weit überfordert gewesen.

Auf einmal war da Hudson ganz allein mit dieser riesigen Huskyfarm, mit all der Verantwortung und all dem Leid in seinem Herzen. Es hatte mich überfordert, ihn zu trösten und ihm die emotionale Stütze zu sein, die ich zu diesem Zeitpunkt hätte sein müssen.

Ich war feige gewesen und hatte das Studium als Ausweg für mich gesehen, mich aus diesem emotionalen schwarzen Strudel zu befreien. Und die Geschichte mit Frank, nun ja, vielleicht war sie auch nur eine Art Quittung für mich gewesen.

"Es tut mir so leid, Aria, es tut mir so leid", murmelte er, und der Schmerz in seinen Augen brach mir das Herz.

Ich überbrückte die kurze Distanz zwischen uns und presste meine Lippen auf seine. Küsste ihn, erst hauchzart und dann immer drängender. Ich wollte mich erneut in ihm verlieren und wollte den Schmerz aus unser beider Herzen wegwischen.

Dass es so schnell nicht gehen würde, war mir durchaus klar. Dass wir mehr Zeit benötigen würden, um all das aufzuarbeiten.

Dennoch wollte ich jetzt nicht länger darüber nachdenken, ich wollte dieses süße Vergessen, das

Hudson mir schon am Tag zuvor geschenkt hatte.

Ich wollte weitere Stunden in seinen Armen verbringen, wollte diese Gefühle, die nur er in mir wecken konnte, erneut erleben.

Also küsste ich ihn drängender, drückte ihn zurück, bis er auf den Rücken rollte und ich mich rücklings auf ihn setzen konnte.

Ich küsste ihn, bis die Gedanken ganz allmählich verschwanden und ich auch das Gefühl hatte, dass Hudson im Hier und Jetzt war und nicht mehr in der Vergangenheit festhing.

Ich küsste ihn tiefer und intensiver, wollte ihn in mir haben und alles von ihm spüren.

Also griff ich zwischen uns, richtete seinen in kürzester Zeit vollkommen erregten Schwanz auf und setzte mich auf ihn. Ganz langsam nahm ich ihn Stück für Stück in mich auf, bewegte meine Hüften, während ich ihn weiter küsste.

Seine Hände streichelten über meinen Körper, liebkosten jeden Zentimeter und trieben mich damit vollkommen in den Wahnsinn. Also bewegte ich mich schneller auf ihm, genoss es, ihn zu spüren, und in diesen Rhythmus mit ihm zu verfallen, der uns beide höher und höher in Richtung Himmel trug.

Hudsons Hände auf meinen Hüften dirigierten mich zu unserem Orgasmus, der schneller über uns hereinbrach, als mir lieb war. Ich wollte nicht, dass das endete, wollte für ewig so mit Hudson verbunden sein.

Doch Hudsons letzte Stöße rissen uns beide über die Klippe, und ich stöhnte seinen Namen, als ich erbebte und in eintausend Teile zersprang.

Dann brach ich auf ihm zusammen, kam auf seiner Brust zum Liegen und lauschte seinem rasenden Herzen. Ein Herz, das genauso gebrochen wurde wie einst meins.

KAPITEL 7

ARIA

Zufrieden rekelte ich mich in Hudsons Armen und seinem kuschelweichen Bett. Viel besser konnte man bei Gott nicht aufwachen und das hatte ich schon vor Jahren gelernt, aber dennoch musste ich all die Zeit ohne Hudson klarkommen wegen eines beschissenen Missverständnisses.

Manchmal ärgerte ich mich darüber, doch eigentlich war mir klar, dass auch das vergebliche Liebesmüh war und ich mich lieber auf das konzentrieren sollte, was ich nun gewonnen hatte.

Hudson.

Für mich.

Ganz für mich.

Er drückte seine Lippen auf meinen Scheitel und ein wohliger Schauer durchlief mich bei der Erinnerung, was seine Lippen die letzten Stunden mit mir gemacht hatten. Hudson konnte auf meinem Körper spielen wie auf einem Klavier, und ich liebte es.

"Was hast du heute vor?", fragte er dann unvermittelt, während seine Finger federleicht meinen Rücken auf und ab strichen.

Ich zuckte mit den Schultern.

"Keinen genauen Plan. Normalerweise sind die Sonntage für meinen Haushalt und meine Buchhaltung reserviert, bis ein Notfall eintrudelt und ich mich wie auch wochentags auf den Weg mache", antwortete ich und grinste ein klein wenig mitleidig. Wenn man es so hörte, klang es wirklich armselig. Sieben Tage die Woche, vierundzwanzig Stunden am Tag abrufbereit für die Arbeit.

Mein Sozialleben und auch mein Liebesleben waren in den letzten Jahren wirklich traurig gewesen. Aber hey, ich hatte mich schließlich der Tiermedizin verschrieben, da gab es nun mal keine Sonn- und Feiertage.

Hudson streichelte mir über die Wange.

"Vielleicht sollten wir diesen Tag lieber für etwas anderes nutzen."

Ich lächelte ihn entschuldigend an.

"Klar, so lange, bis ein Notfall kommt."

Er verdrehte die Augen.

"Die Hälfte deiner Notfälle sind mit Sicherheit keine Notfälle."

"Da kann ich dir nicht widersprechen", gab ich zu. "Aber ich muss zumindest vorbeischauen, um festzustellen, ob es ein Notfall oder nicht ist."

Er seufzte. "Das wird für den Rest unseres Lebens so weitergehen, oder?"

Ich nickte, konnte mir aber ein grenzdebiles Grinsen nicht verkneifen bei dem Gedanken, dass Hudson gerade "den Rest unseres Lebens" gesagt hatte.

Unseres, wir beide, zusammen – wunderschön.

"Was hast du geplant?", fragte ich, um etwas in die Stille hineinzubringen und mich nicht ganz mit meinem Grinsen zum Affen zu machen.

Er legte den Kopf schief und musterte mich. "Ich hatte überlegt, ob du Lust auf eine kleine Husky-Tour hast."

Mein Lächeln wurde breiter. "Hoch zu dem Canyon mit der atemberaubenden Aussicht?"

Er nickte.

Wir waren früher oft dort gewesen, ganz egal, ob mit den Huskys oder mit einer Schneeraupe. Dort oben war unser Treffpunkt gewesen, unsere Aussichtsplattform, in der wir unsere Ruhe hatten.

Eingewickelt in dicke Decken, vor einem kleinen Lagerfeuer, hinab ins Tal schauen und der Sonne beim Untergehen zusehen.

"Ich bin dabei", sagte ich, ohne zu zögern, und nickte dabei heftig.

Hudson grinste. Er sah mir meine Ungeduld wohl an und antwortete dann: "Dann lass uns mal aufstehen, duschen und ein paar Sachen zusammenpacken, damit wir bald auf die Piste kommen."

Wieder nickte ich energisch. "Ja, bevor irgendjemand meine Hilfe braucht."

Hudson erwiderte mein Lächeln und schlug dann die Decke zurück, wodurch die wunderschöne Wärme verschwand.

"Auf jetzt, unter die Dusche."

Er grinste frech, und ich sah das Funkeln in seinen Augen, das mir sagte, dass wir in der Dusche noch einiges mehr machen würden, bevor wir auf unsere kleine Husky-Tour an diesem Tag aufbrechen würden.

Um ehrlich zu sein, war es mir vollkommen egal, was ich tat, solange es zusammen mit Hudson war. Ich hatte das Gefühl, all die verlorenen Jahre so schnell wie möglich nachholen zu müssen … dass dazu auch unzählige Stunden atemberaubender Sex zählten, war vollkommen klar.

Also auf in die nächste Runde.

HUDSON

Knapp eine Stunde später verstauten wir die letzten Reste unseres Frühstücksproviants und die Decken im Schlitten. Die Hunde hatte ich bereits eingespannt, nachdem wir zusammen nach Elsa und den Welpen gesehen hatten.

Der kleinen Familie ging es sichtlich gut, und ich war mir sicher, dass alle nun endgültig über den Berg waren. Nicht zuletzt dank Arias Hilfe. Oder *nur* dank ihr, denn ich hätte diesen Karren beinahe mit Anlauf gegen die Wand gefahren.

Aber so war es eben mit Aria. Sie rettete ständig mein Leben, ohne es auch nur zu ahnen. Allein dass sie an diesem Morgen in meinem Bett aufgewacht war, gab mir das Gefühl, einer der größten Gewinner dieser Zeit zu sein.

"Willst du vorne sitzen?", fragte ich und deutete auf den Schlitten.

Sie nickte und nahm dann im Schlitten Platz, ehe ich ihr die Decke um die Beine herum feststeckte. Sie wirkte ein bisschen grimmig dabei, was mich die Stirn runzeln ließ.

"Alles okay?"

"Hm", antwortete sie und klang irgendwie unzufrieden. "Ich weiß nicht. Ich erinnere mich nur daran, wie du Barbie so gebettet hast."

Ich lachte.

"Barbie? Du meinst Theresa."

"Ich will den Namen von Superbarbie nicht hören", gab sie zurück, aber ich sah, dass sie nur Scherze machte.

"Was soll ich sagen? Sie hat ein Haufen Geld dafür bezahlt, dass sie die Luxus-Husky-Tour bekommt."

Eine ihrer dunklen Augenbrauen schoss nach oben. "Was beinhaltet denn die Luxus-Husky-Tour so?"

"Bei Weitem nicht so viel wie deine Premium-Tour", gab ich zurück, beugte mich zu ihr und küsste sie auf die Lippen. "Das zum Beispiel nicht", antwortete ich und drückte meine Lippen abermals auf ihre. Sie waren so weich und sie schmeckte so verdammt gut. "Und jetzt Schluss mit den Eifersüchteleien. Ich kann die wenige Zeit, die wir beide haben, nicht damit vertrödeln, dir zu erklären, was meine Kundinnen von mir erwarten dürfen und was nicht", sagte ich zwinkernd.

Aria schnaubte.

"Du kannst es mir auch nebenbei erklären", antwortete sie dann, als ich hinten auf den Schlitten stieg. "Dein Mund und meine Ohren funktionieren immerhin auch ganz hervorragend, wenn wir hinaus zu unserem Aussichtspunkt am Canyon fahren."

Ich lachte laut auf, und ich konnte spüren, dass mein Lachen etwas in Aria auslöste, auf das ich nicht den Finger legen konnte. Aber es war mir egal, denn ich liebte es einfach, mich mit ihr verbal zu messen, sie zu necken und diesen wunderschönen Tag einfach nur zu genießen.

"Go, go", schrie ich dann den Hunden zu, mitten aus meinem Lachen heraus und liebte das Quietschen, das Aria entfuhr, als die Hunde unvermittelt den Schlitten anzogen. Ich gab noch ein bisschen mehr Gas, ließ die ersten paar hundert Meter rasant verlaufen und rief, erst nachdem wir die erste Anhöhe hinter uns hatten, ein leichtes "Easy" an die Hunde, um das Tempo ein wenig zu drosseln.

Aria lachte und sah mit funkelnden Augen zu mir auf.

"Okay, das war wohl deine Art zu sagen, dass wir keine Zeit haben, unterwegs über deinen 'Service'", sie setzte das Wort mit den Fingern in Anführungszeichen, "zu sprechen".

"Genau, leider keine Zeit", gab ich grinsend zurück und rief den Hunden dann das Kommando, nach rechts abzubiegen, zu.

Eine Weile fuhren wir schweigend durch die Landschaft, genossen das Funkeln der Sonnenstrahlen auf dem Schnee und die Stille der Natur, nur unterbrochen durch die feinen Geräusche der Wildtiere, die sich auch im Winter hier oben tummelten.

Erst als wir uns unserer Anhöhe näherten, hörte ich ein zufriedenes Seufzen von Aria, und ich lehnte mich nach vorn, um ein bisschen etwas von ihrem Profil sehen zu können.

"Alles okay?"

Sie nickte. "Es ist wunderschön hier oben, ich hatte ganz vergessen, wie schön", gab sie zurück und ihre Stimme klang fast schon sehnsuchtsvoll.

"Warst du lange nicht hier oben?", fragte ich und ließ die Hunde dann nach links abbiegen.

Sie schüttelte den Kopf.

"Nein, nicht, seit … seit wir zuletzt hier gewesen waren", sagte sie mit einer kleinen Verzögerung.

Ich runzelte die Stirn. "Warum nicht?"

Sie zuckte mit den Schultern. "Es hat sich … falsch angefühlt, ohne dich hier zu sein", sagte sie so leise, dass ich sie fast nicht gehört hätte, hätte der Wind mir nicht ihre Worte zugetragen.

Ich brachte die Hunde ganz oben am Canyon zum

Stehen und setzte die Anker, um sie anzubinden. Dann versorgte ich die einzelnen Tiere, und Aria half mir, ehe wir uns an die kleine Stelle begaben, die ein wenig von den Bäumen geschützt war und an der wir damals eine Feuerstelle aus Stein angelegt hatten.

Wir entzündeten mit dem mitgebrachten Material das Feuer und legten die Kälteschutzmatten aus, auf die wir uns setzen konnten. Darauf kamen einige Felle und Decken. Anschließend holte ich den mitgebrachten Korb mit unserem Proviant und setzte mich zu Aria auf die Decken.

"Wunderschön", wiederholte sie und ihr Blick lag auf dem Tal unter uns.

Ich nickte. "Das bist du wirklich", antwortete ich, mein Blick stur auf sie gerichtet.

Die Aussicht sah ich so oft, doch sie … sie hatte ich viel zu viele Jahre nicht gesehen und ich konnte mich an der Schönheit ihres Profils nicht sattsehen. Ich hob eine Hand, legte sie ihr an die Wange und streichelte dann federleicht darüber.

"Ich hab dich vermisst", murmelte ich, beugte mich zu ihr und hielt dann kurz vor ihren Lippen inne.

Es dauerte keine zwei Sekunden, dann überbrückte sie die kleine Lücke zwischen uns und drückte ihre Lippen auf meine, als hätte sie das hier genauso sehr gebraucht wie ich.

Nicht nur diesen Tag und die Nähe zueinander, sondern auch diesen Kuss hier oben, der genau so war wie in meiner Erinnerung.

Ich küsste sie zurück, schob meine Hand ganz langsam in ihren Nacken und vertiefte unser Zungenspiel. Ich wollte mehr von ihr, brauchte mehr von ihr, hatte sie so viele Jahre vermisst, dass es mir jetzt, da ich sie endlich wieder bei mir hatte, fast unmöglich schien, meine Finger auch nur für Minuten von ihr zu lassen. Sie war so atemberaubend, so wunderbar, so viel mehr, als ich mir jemals erträumt hatte.

Ich verlor mich in diesem Kuss, in diesem Moment, in all dem, was wir uns gegenseitig in den letzten Jahren versagt hatten. Und ich konnte nicht verstehen, wie ich es auch nur eine Minute ohne sie ausgehalten hatte.

ARIA

Wir saßen lange dort oben an diesem einen Punkt, der mir und ihm gehörte. Den wir uns seit so vielen Jahrzehnten teilten. Ob wir ihn nun benutzt hatten oder nicht.

Die Zeit verging wie im Flug, und ich konnte nicht

genug davon bekommen, Hudsons Arme um mich gelegt zu spüren.

Wir redeten die ganze Zeit über nichts Besonderes, Krimskrams, Sachen aus der Vergangenheit. Wir rollten gemeinsame Erinnerungen wieder auf, die mir warm ums Herz werden ließen, die ich manche fast schon vergessen hatte.

Zum Beispiel unseren Abschlussball, den Hudson und ich zusammen verbracht hatten. An seinen Smoking, den er von seinem Vater geliehen hatte, der ihm viel zu groß gewesen war. Und meinem etwas merkwürdigen lila Kleid, das irgendwie nach der letzten Hoffnung ausgesehen hatte.

Aber es gab im Umkreis von etlichen Meilen nun mal kein vernünftiges Geschäft, und meine Eltern waren nicht gerade von der fürsorglichen Art, die sich um mich und meine Bedürfnisse als Teenager gekümmert hätten. Im Gegenteil, sie hatten sich beide immer tief in ihrer Arbeit vergraben und mich mit meinem Scheiß alleingelassen.

Wahrscheinlich hatte ich mich gerade deswegen immer so wohl in Hudsons Nähe gefühlt. Bei ihm und seinem Dad, der mir immer das Gefühl gab, Teil dieser Familie zu sein.

Ein Teil Familie, den ich am gleichen Tag wie Hudson verloren hatte.

Ich hatte lange Zeit keine Möglichkeit gefunden, über diesen Verlust hinwegzukommen.

Auch das hatte ich Hudson an diesem Tag zum ersten Mal erzählt, und an der Art, wie seine Augen groß und rund geworden waren, konnte ich sehen, dass ihm dieser Gedanke bis zu jenem Moment noch nie gekommen war.

Sanft streichelte er über meine Wange.

"Es … es tut mir leid, Babe", murmelte er dann und sah mich aus diesen Augen an, die voller Trauer und Reue waren.

Ich schüttelte den Kopf. "Es gibt keinen Grund, sich zu entschuldigen", antwortete ich und sah ihm dann in die dunklen Augen. "Du hattest so sehr mit dir selbst zu kämpfen, mit deinen Gefühlen, mit deinem Verlust und all der Verantwortung, die auf deinen Schultern lag. Ich hätte dir gar nicht sagen wollen, was in mir vor sich geht", versicherte ich und lächelte zögerlich.

"Du hättest es mir aber sagen sollen." Seine Augenbrauen zogen sich zusammen, bis eine steile Falte dazwischen erschien, und er sah so betrübt aus, dass es mir in der Seele wehtat.

Ich schüttelte langsam den Kopf. "Es ist okay, Hudson, es ist wirklich okay. Ich bin darüber hinweg und …"

Bevor ich weitersprechen konnte, klingelte mein Telefon. Genervt verdrehte ich die Augen, zog es aber schließlich aus meiner Tasche, denn es konnte wie so oft auch ein Notfall sein.

Meine Augenbrauen zogen sich zusammen, als ich die Nummer von Dr. Grey auf meinem Display sah. Definitiv keiner von denen, die mich am Sonntag anriefen, weil das Fell ihrer Katze ein bisschen stumpf war.

Ich ging an mein Telefon. "Dr. Grey?", fragte ich.

"Aria, Gott sei Dank, dass ich Sie erreiche", sagte er und klang sichtlich aufgelöst.

"Es gab eine Beißerei mit dem Nachbarhund und hier ist überall Blut. Ich weiß nicht, was ich tun soll", sagte er, und ich ließ mir genauer beschreiben, was passiert war.

Nachdem ich ihm Anweisungen zur ersten Hilfe gegeben hatte, stand ich auf und machte mich darauf gefasst, Hudson alles erklären zu müssen. Doch der hatte schon den Großteil unserer Sachen eingepackt und das Feuer gelöscht.

"Wenn wir über die Ostroute fahren", sagte er ohne ein Wort von mir, "sind wir schneller bei ihm, als wenn wir erst das Auto holen würden."

Ich nickte. "Danke. Danke, Hudson", antwortete ich einfach nur, schnappte mir die letzten Decken und schwang mich auf den Schlitten. Er hatte recht. So wären wir wesentlich schneller da, als wenn wir zuerst zurück zur Husky-Farm fahren würden.

HUDSON

Aria war sichtlich erschöpft, nachdem sie den Hund von Dr. Grey behandelt hatte. Es gab einige größere Wunden, die sie nähen musste. Gott sei Dank hatte ich immer eine umfangreiche Erste-Hilfe-Box dabei. Gerade bei der Ausbildung von Junghunden konnte stets etwas schiefgehen und ich war für alle Eventualitäten gerichtet.

Die Zeit, die wir dort bei dem etwas eigenbrötlerischen Physiker verbracht hatten, hatte sich wirklich endlos gezogen.

Ich hatte ihr so gut es ging unter die Arme gegriffen und war wieder einmal beeindruckt von der Art, wie sie ihre Arbeit vollbrachte. Alles in allem war es trotz des Abbruchs ein wirklich gelungener Sonntag zusammen mit der Frau meiner Träume.

Stunden später fuhr ich sie mit dem Husky-Schlitten zurück zu mir nach Hause. Gemeinsam versorgten wir die Hunde und gingen dann nach drinnen, um nach Elsa und den Welpen zu sehen. Auch ihnen ging es prächtig, und ich war froh, dass Elsa sich ohne Hilfe so gut um die Babys kümmerte.

"Willst du etwas essen?", fragte ich sie.

Arias Bauch antwortete, bevor ihr Mund etwas sagen konnte, mit einem lang gezogenen Knurren.

Ich lachte. "Komm, lass uns rüber ins Restaurant fahren. Die können definitiv besser kochen als ich."

Aria kicherte. "Und als ich."

Zufrieden legte ich ihr einen Arm um die Schultern und führte sie dann nach draußen zum Auto. Es fühlte sich so richtig an, so perfekt. Genau so, wie es schon immer hätte sein sollen.

ARIA

Das Essen im Restaurant des Winter Dream Resorts schmeckte fabelhaft. Ich konnte nicht verstehen, warum Hudson sich so oft mit einfachem Abendbrot begnügte, wenn er doch jeden Tag hier hätte essen können!

Ich würde es tun und hätte mich täglich mit diesen Köstlichkeiten verwöhnen lassen, auch wenn ich deshalb kugelrund werden würde.

"Na, ihr zwei ..." Jude trat an unseren Tisch und das wissende Funkeln in seinen ausdrucksstarken Augen ließ meine Wangen rot werden.

"Hey, Jude", antwortete Hudson und nickte ihm zu. Er sah zufrieden aus, als er nach meiner Hand griff, als würde er damit ein Statement setzen.

Hudson und ich. Wieder vereint.

"Also gehe ich richtig in der Annahme, dass ihr zu zweit zum diesjährigen Weihnachtsfest kommt?"

Hudson nickte energisch, kurz bevor er die Augenbrauen zusammenzog und mich fragend ansah. "Oder?"

Ich grinste. "Sehr gern."

Nichts lieber als das. Ich wollte jede freie Minute für den Rest meines Lebens mit ihm verbringen.

KAPITEL 8

ARIA

Es fühlte sich verdammt gut an, dass ich an diesem Abend offiziell als Hudsons Begleitung zu einer großen Party im Winter Dream Resort gehen würde.

Er hatte mich vor einigen Tagen mehr oder weniger eingeladen. Eher weniger, denn es hatte sich mehr um eine Feststellung als um eine Frage gehandelt, doch diese Selbstverständlichkeit, mit der er uns als Paar sah, gefiel mir noch viel besser.

Ich freute mich seitdem unglaublich auf diesen Abend. Es war unser erstes offizielles Date in Begleitung. Das erste Mal, dass er mich vor seinen Freunden und Arbeitskollegen als Freundin vorstellen würde.

Das würde er doch, oder?

Ich sah zu ihm auf und musterte ihn, als würde die Antwort irgendwo dort in seinem hübschen, maskulinen Gesicht stehen. Eine seiner ausdrucksstarken Augenbrauen zog sich nach oben.

"Was ist los? Habe ich noch irgendwo vergessen, meinen Bart zu rasieren?"

Ich kicherte. "Nein, ich fragte mich nur … also ich", stammelte ich und winkte dann schließlich ab.

"Was hast du dich gefragt?"

Er grinste mich frech an und legte mir einen Arm um die Schultern, mit denen ich versuchte, unter seiner Last zu zucken, was ein wenig anstrengend wurde.

"Sag schon." Er drückte mich an sich.

"Als was ich heute mitgehe?"

Es klang mehr wie eine Frage als sonst etwas, und ich kam mir vor wie ein kleines Mädchen und ziemlich dämlich, um ehrlich zu sein.

Er grinste noch breiter. "Als meine Freundin?"

"Bin ich das?"

"Aber so was von", gab er zurück und drückte dann seine Lippen auf meine Schläfe. "Und jetzt rein mit dir, bevor wir uns hier draußen noch ein paar Zehen abfrieren."

Er deutete dabei auf meine etwas ungewöhnliche

Schuhwahl. Heute trug ich Pumps und ein Kleid, was sonst so gar nicht zu mir passte, aber ich hatte den Eindruck gehabt, dass ich mich irgendwie herausputzen sollte.

"Schließlich will ich nicht, dass die schönste Frau im Raum an Erfrierungen leidet", sagte er dann, führte mich nach drinnen und nahm mir an der Garderobe den Mantel ab.

Auch er legte seinen grauen Wollmantel auf der Ablage ab und musterte mich eingehend.

"Du siehst unglaublich schön aus", murmelte er und legte dann eine Hand an meine Wange, ehe er sich zu mir beugte und seine Lippen auf meine drückte.

"Kein Sex an der Garderobe", scherzte Calvin mit einem volltönenden Lachen.

"Wenn ich mich richtig erinnere, war das dein Part zur Schulzeit", gab ich zurück und grinste ihn an.

"Aria, Aria, es ist mir wie immer eine Freude", sagte Cal und verbeugte sich übertrieben.

Ich verdrehte die Augen und Hudson zog mich enger an seine Seite.

"Meine Aria", sagte er dann und grinste Calvin herausfordernd an. Dieser verdrehte die Augen.

"Es hat sich in all den Jahren nichts geändert."

Er ließ den Mantel von seinen Schultern gleiten

und warf ihn neben Hudsons auf die Ablage, dann gingen wir gemeinsam nach drinnen.

"Es wird Zeit, dass wir uns unters Partyvolk mischen, nicht wahr?"

Wir nickten und traten dann durch eine der großen Flügeltüren, den Bereich, in dem sonst am Nachmittag Kaffee, Kuchen und Drinks verteilt wurden.

Die Anordnung der Sitzmöbel hatte sich verändert, sodass sich eine kleine Tanzfläche in der Mitte gebildet hatte, über die man direkt hinüber in den Speisesaal gelangen konnte.

Von hier aus konnte ich bereits das Buffet entdecken, das so umfangreich war, dass ich die einzelnen Speisen nicht einmal mehr zählen konnte.

Allein der erste Eindruck haute mich so richtig vom Hocker, und es war eine Party ganz auf Winter-Dreams-Niveau.

Prächtig, luxuriös und von allem nur das Feinste. Inklusive dem Mann an meiner Seite.

Er sah unfassbar gut aus in diesem Anzug, der wie maßgeschneidert wirkte. Wahrscheinlich war er das auch, denn Hudson hatte sich in den letzten Jahren zu einem richtigen Geschäftsmann entwickelt und ich hatte all das leider verpasst. Nie wieder würde so ein Missverständnis zwischen uns stehen.

HUDSON

Die aufwendige Organisation der letzten Wochen und Tagen hatte sich wirklich gelohnt. Ich hasste all diesen organisatorischen Kram, die dazugehörigen Meetings und Entscheidungen. Eigentlich hasste ich sogar diese Art Party, mit der ich so ganz und gar nichts anfangen konnte.

Aber dieses Mal war alles anders, denn dieses Mal hatte ich Aria an meiner Seite – die mit Abstand schönste Frau im ganzen Raum – und ich konnte mir nichts Schöneres vorstellen, als mit ihr zusammen diesen Abend zu genießen.

Schon beim Reinkommen hatte ich gesehen, wie viele der Blicke der anderen Männer auf ihr lagen. Ich hasste es, dass sie so viele von ihnen grüßte, und das, obwohl ich doch genau wusste, dass sie sie von der Arbeit kannte. Dass sie keine Beziehung zu einem von ihnen gepflegt hatte.

Und trotzdem brodelte in mir eine unbekannte Eifersucht, die sich in den letzten Tagen nur noch verstärkt hatte, je mehr ich von ihr an mir hatte. Je mehr Zeit wir miteinander verbrachten und je intensiver unsere Beziehung wurde, desto mehr bäumte sich in mir das Gefühl auf, sie für mich allein haben zu wollen – jede Sekunde des Tages, am besten irgendwo mitten im Nirgendwo, umgeben von Tieren und sonst niemandem.

Es war lächerlich, absolut lächerlich und ziemlich höhlenmenschartig. Und dennoch konnte ich nichts gegen diese Gefühle tun.

Ich brachte ihr ein Glas Sekt und reichte es ihr, während sie mit irgendeiner Kundschaft telefonierte und versuchte, diese abzuwimmeln.

"Nein, Mr. Thomas, das ist nicht so schlimm", sagte sie und verdrehte die Augen in meine Richtung. "Wirklich, es reicht auch, wenn ich morgen vorbeikomme."

Manchmal konnte ich ihre Geduld nicht begreifen und warum sie nicht einfach auflegte. Auf der anderen Seite wusste ich, dass Arias Herz viel zu groß war, um irgendeinen von ihnen mit ihren Ängsten alleinzulassen. Seufzend legte sie schließlich auf und steckte das Handy in die Handtasche.

"Ich kann es auch für dich nehmen und sie abwimmeln oder einfach ausschalten", sagte ich und stieß mit meinem Sektglas gegen ihres.

Grinsend schüttelte sie den Kopf. "Nein, wenn dann wirklich ein Notfall ist, würde ich ihn verpassen."

"Wie oft kommt schon wirklich ein Notfall vor."

Sie zog eine Augenbraue nach oben. "Du hast mich in meinem Feierabend wegen einem wirklichen Notfall angerufen. Nur so als Beispiel."

Ich schnaubte. "Schlechtes Beispiel, einmal in Jahrzehnten."

Sie schnaubte ebenfalls und ahmte meine Gesten nach. "Das stimmt, aber du hättest das eine oder andere Mal schon davor anrufen können – mit echten Notfällen."

Ich zuckte mit den Schultern. "Und es ist auch ohne dich gegangen."

"Wie gut?"

"Schlecht", gab ich zu und konnte nicht anders, als zu lächeln, als ich Arias zufriedenes Grinsen sah.

Wieder stieß ich mit meinem Glas gegen ihres. "Auf einen schönen Abend, Babe."

"Auf dich", sagte sie, doch ich schüttelte den Kopf.

"Auf dich, auf uns." Dann nahmen wir beide einen Schluck und sie stellte sich auf die Zehenspitzen, um ihre Lippen auf meine zu pressen.

Ich zögerte keine Sekunde, um mich ihr entgegenzubeugen und ihren Kuss zu erwidern. Es war ein perfekter Abend mit der perfekten Frau an meiner Seite. Was konnte Mann schon mehr wollen.

ARIA

Zum zehnten Mal an diesem Abend klingelte mein Telefon, und ich sah bereits an der Nummer, die mir am Display angezeigt worden war, dass es sich wieder um einen Nicht-Notfall handelte. Ich war dazu übergegangen, diese Telefonate draußen zu führen, um nicht allen anderen den Abend zu verderben.

Genervt verdrehte ich die Augen, hob das Telefon nach oben und sagte zu Hudson: "Ich muss schon wieder ans Telefon. Die Arbeit ruft."

Seine Augenbraue schoss nach oben, während er sich weiter mit Wesley unterhielt, dessen kleine Nichte an seiner Seite stand und sich an ihn schmiegte. Er streichelte sanft über die blonden Haare, ohne im Gespräch mit Hudson innezuhalten.

Es war dieser Familien-Moment, der es mir warm ums Herz werden ließ und in mir den Gedanken aufkeimen ließ, dass das etwas war, was Hudson und ich auch würden haben können.

Jetzt, da es zwischen uns so gut lief.

Mein Handy hörte leider nicht auf zu klingeln, also ging ich ran und sagte in nicht allzu freundlichem

Ton: "Mrs. Meyers?", während ich den Raum durchquerte und in Richtung der großen Terrassentüren ging.

Auch draußen war die Party in vollem Gange, und dennoch war es ein wenig ruhiger, weil es die Musik nur aus kleinen Lautsprechern über den heißen Bädern gab und sie nicht einen ganzen Raum beschallte.

"Aria, wie gut, dass ich Sie erreiche", sagte Mrs. Meyers und klang ganz und gar nicht aufgeregt.

"Um was geht es denn?", fragte ich.

"Ich habe noch keinen Impftermin für den Herbst", sagte sie, und ich war kurz davor, mein Handy in einem der heißen Badestellen zu ersäufen.

"Aber Mrs. Meyers, das können wir doch am Montag machen."

"Ja, aber dann fällt es mir wieder nicht ein", gab sie zurück, und es fiel mir schwer, nicht ungehalten zu reagieren.

"Ich komme nächsten Donnerstag vorbei", sagte ich und war mir noch gar nicht sicher, ob das überhaupt in meinen Terminplan passte, aber es war mir egal. Genauso egal, wie es Mrs. Meyers egal war, dass ich eigentlich an einem Samstagabend Besseres zu tun hatte, als einen Impftermin für ihren dicken Kater auszumachen.

Am Rand der Stufen sah ich einen meiner Kunden

mit dem kleinen Labrador-Rüden Luki, den ich erst in der vergangenen Woche wegen eines Schnitts im Ballen behandelt hatte.

Nachdem ich das Telefongespräch beendet hatte, ging ich die Stufen nach unten und winkte ihm.

"Dennis, hi", sagte ich lächelnd, und Dennis winkte sofort zurück.

"Aria, Sie hier?"

Ich nickte.

"Ja, ich bin mit meinem … Freund hier." Das Wort über meine Lippen zu bringen fühlte sich komisch an und wunderschön zur gleichen Zeit. Etwas, was ich schon viel länger hatte tun wollen. Jemanden als meinen Freund zu bezeichnen, meinen Lebensgefährten, vielleicht irgendwann sogar meinen Mann.

Zufrieden grinsend ging ich nach unten und beugte mich dann in die Knie, um Luki zu begrüßen.

"Na, mein Guter?", sagte ich und streichelte den Rüden an der Brust.

Dieser freute sich und wackelte mit dem ganzen Körper, schleckte mir schließlich einmal ausgiebig über die ganze Wange.

Dennis lachte. "Wenn ich jeden so begrüßen würde wie Luki, wenn ich ihn nur ein einziges Mal in meinem Leben gesehen habe, dann würde mich wohl jeder für verrückt erklären."

Ich lachte. "Ach, warum denn? Wenn du dabei genauso freundlich mit dem ganzen Körper wackelst, dann wird derjenige bestimmt eine Ausnahme machen."

Wir lachten beide bei der Vorstellung und Dennis' merkwürdigem Versuch, mit dem Körper zu wackeln, so wie Luki es tat, sobald er jemanden erblickte, den er mochte.

Dann deutete ich über meine Schulter zurück auf die Veranda.

"Ich muss wieder rein. Mein Freund wartet bereits."

Dennis nickte.

"Einen schönen Feierabend, Aria."

"Dir auch noch einen schönen Abend", gab ich zurück, drehte um und beeilte mich dann, nach drinnen zu kommen.

Ich hatte keinen Mantel angezogen, so lange hatte ich gar nicht hier draußen sein wollen. Aber es hatte mich gefreut, Dennis wiederzusehen und vor allem zu sehen, dass es Luki so gut ging.

Der Schnitt war wirklich prächtig verheilt und in wenigen Tagen würde er wieder vollkommen normal umherspringen können.

Wohlige Wärme empfing mich, als ich wieder den Raum betrat und mich dann in der großen Menge aus mindestens dreihundert Menschen umsah auf der Suche nach Hudson.

Ich entdeckte ihn schließlich an der Bar mit Calvin, wo sie zusammen einen Drink zu sich nahmen. Neben ihm Theresa.

Wer auch sonst?

Was diese Barbie bei ihm wollte … Ich war mir ziemlich sicher, dass Hudson sie nicht eingeladen hatte. Sofort erstickte ich diesen kleinen Stich der Eifersucht in mir, weil ich doch wusste, dass Hudson nicht der Typ war, der mich mit irgendjemandem betrog. Also klatschte ich mir ein zugegeben nicht ganz so überzeugendes Lächeln ins Gesicht und schob mich durch die Menge auf die Bar zu.

Es verschaffte mir ein kleines bisschen Genugtuung, so zu tun, als hätte ich Theresa nicht gesehen, und mich einfach so an Hudsons Seite zu drücken und zu ihm aufzulächeln. Dieser legte sofort einen Arm um meine Schultern und seine Augen funkelten warm.

"Da bist du ja wieder, Babe", sagte er, und das Kosewort sorgte für wohlige Schauer in meinem Rücken.

Mit einem ziemlich aufdringlichen Geräusch räusperte sich Theresa und schob sich dann in mein Sichtfeld.

"Hallooo?", sagte sie auf eine irgendwie fordernde Art.

Ich lächelte. "Hallo, kennen wir uns?"

Es verschaffte mir ein wenig Genugtuung, ihren irgendwie dümmlichen Gesichtsausdruck zu sehen, während sie mich aufklärte, dass sie hier zu Gast war und gerade eine Husky-Tour mit Hudson vereinbaren wollte.

Ich zog eine Augenbraue nach oben und sah zu meinem Freund auf, der einfach nur lässig mit den Schultern zuckte.

"Ja, ich bin noch nicht dazu gekommen, Theresa zu sagen, dass ich in dieser Woche leider vollkommen ausgebucht bin."

Das Zucken seines Mundwinkels sagte mir, dass er von ausgebucht weit entfernt war, aber einfach kein Interesse daran hatte, weiter Zeit mit dieser Frau zu verbringen.

Calvins Schnauben unterstrich das Ganze nur. "Dann werde ich wohl mal nach Wesley sehen und gucken, ob er nun Zeit für eine Tour mit Theresa hat", sagte der CFO des Winter Dream Resort und konnte das Grinsen nur schwerlich verbergen.

Ich nickte zufrieden und drehte mich dann ganz zu Hudson, sodass ich ihm gegenüberstand und das Revers seines dunkelblauen Anzugs glatt streichen konnte. Er sah unglaublich gut darin aus, und es fühlte sich fast schon unwirklich an, dass dieser schöne Mann meine Begleitung an diesem wundervollen Abend war.

Das Ganze so vor Barbie raushängen zu lassen, war vielleicht ein bisschen übertrieben. Aber sie sollte auf jeden Fall wissen, dass Hudson nicht auf ihrem Speiseplan stand.

"Apropos Speiseplan", sagte ich und merkte, dass der Themenwechsel eigentlich nur in meinem Kopf stattgefunden hatte.

Ich zuckte mit den Schultern. "Ich habe Hunger, wie schaut es bei dir aus, Hudson? Buffet?"

Zufrieden lächelte er. "Also dann, auf zum Buffet."

Er stellte seinen Drink beiseite, legte einen Arm um meine Mitte und schob mich dann ohne ein weiteres Wort zu Theresa durch die Menge in den hinteren Bereich unserer kleinen Weihnachtsfeier, wo all die Leckereien auf uns warteten.

Was das Küchenteam des Winter Dream Resorts da aufgefahren hatte, übertraf all meine Erwartungen, und ich fühlte mich wie im Schlaraffenland.

HUDSON

Seufzend sah ich Aria nach, als sie ein weiteres Mal die Party verließ, um irgendeinen am Telefon abzuspeisen. Das ganze Ausmaß ihrer 24/7-Arbeit wurde mir in den letzten Tagen zunehmend bewusster.

Dass die Leute hier auf dem Land so überhaupt keinen Anstand hatten und zu jeder Tages- und Nachtzeit wegen Lappalien anriefen, war wirklich verrückt und ich hätte es niemals so erwartet.

Aber hey, das war nun einmal Teil von Arias Persönlichkeit. Sie würde nie jemanden, unter gar keinen Umständen, hängen lassen.

Sie hatte ja noch nicht einmal mich hängen gelassen, und ich war wohl wirklich der Letzte, der von ihr erwarten konnte, nach Feierabend einen Notfalldienst zu bekommen.

"Schwer beschäftigt, nicht wahr?"

Lächelnd drehte ich mich zu Wesley, der neben mich getreten war.

Ich nickte. "Da hast du recht. Unglaublich, wie viel Scheiß an einem einzigen Samstagabend passieren kann", gab ich grinsend zurück.

Er zuckte mit den Schultern. "Ich kann dir nicht sagen warum, aber es ist Murphys Gesetz, dass Kinder und Tiere immer an Wochenenden und Feiertagen krank werden", sagte Wesley und streichelte dabei über die Haare seiner Nichte, die neben ihm stand.

Ich musterte sie von oben bis unten. "Bist du gesund, Kleines?"

Grinsend nickte sie und zeigte mir dabei eine Zahnlücke.

"Na also, gesund", sagte ich zu Wesley, der die Augen verdrehte.

"Du weißt, was ich mein, Mann."

Ich nickte.

"Aber alles in allem", fuhr Wesley dann fort und legte mir eine Hand auf die Schulter, "bin ich froh, dass es mit dir und Aria wieder klappt. Ich finde, das war längst überfällig."

Meine Augenbraue schoss nach oben. "Längst überfällig? Wir haben uns seit Ewigkeiten nicht mehr gesehen."

Er schnaubte. "Weil ihr euch aus dem Weg gegangen seid."

"Macht das einen Unterschied?"

"Aber so was von", sagte Wesley. "Wärt ihr euch früher wieder begegnet und hättet euch nicht gemieden wie die Pest, wären die Funken zwischen euch schon noch geflogen. Ihr beiden seid einfach füreinander bestimmt. Schon immer."

Bevor ich etwas erwidern konnte, fügte Wes hinzu:"Wir gehen jetzt auf jeden Fall nach Hause, es ist schon spät."

Grinsend nickte ich ihm zu. "Ja, ich denke, Aria und ich werden auch bald abhauen. Wenn sie nicht schon vorher wegen eines Notfalls losmuss, dann hätte ich sie gern noch ein paar Stunden für mich allein."

"Oh, là, là", sagte Calvin, der in diesem Moment vorbeikam und anzüglich mit den Augenbrauen wackelte.

"Klappe!", sagte Wesley und hielt seiner Nichte gespielt übertrieben die Ohren zu und schob sie dann von uns weg durch den Raum.

Lachend sahen wir ihm hinterher, und ich entdeckte, dass Aria zur gleichen Tür wieder hereinkam, wie Wesley hinausging. Selbst so quer durch den Raum leuchtete sie wunderschön aus der Menge hervor, und ich hätte sie unter Tausenden sofort wiedererkannt. *Meine Aria,* dachte ich, Wesley hatte recht. Sie und ich, wir waren irgendwie füreinander bestimmt und das Ganze würde hoffentlich niemals enden.

ARIA

Obwohl wir schon vor einer Stunde gesagt hatten, dass wir die Party verlassen wollten, hatten wir es irgendwie nicht geschafft, uns loszureißen. Aber jetzt, da auch Jude aufbrach, wollten wir uns ihnen anschließen.

Wir lachten noch über einen Witz, den Jude in diesem Moment gerissen hatte, als wir gemeinsam durch die großen Glastüren hinaus auf die Veranda traten.

Die heißen Bäder waren voll besetzt und die Leute tranken und lachten noch immer. Eben so, wie es bei einer richtigen Party sein sollte.

"Es war ein wirklich gelungener Abend", sagte ich und lächelte zu Hudson und Jude auf. Schließlich waren die beiden Mitbesitzer des Winter Dream Resorts, und Ehre, wem Ehre gebührt.

Hinter Jude sah ich Dennis und Luki wieder auf der Straße entlanggehen und freute mich, die beiden heute schon zum dritten Mal zu entdecken. Lächelnd wandte ich mich an Hudson.

"Einen Moment", sagte ich und ging dann die Stufen nach unten und winkte Dennis von Weitem.

"Ihr seid ja immer noch hier", sagte ich.

Grinsend zuckte er mit den Schultern. "Ja, aber jetzt dann auf dem Sprung. Ich wollte Luki noch einmal zum Lösen die Straße runterbringen, damit er später nicht im Schnee laufen muss."

Ich nickte und beugte mich dann nach unten, um die Pfote noch einmal zu kontrollieren. Er lief ohne Verband, und ich wollte sehen, inwieweit die Verletzung der Belastung schon standhielt.

Wieder leckte der Rüde mir übers Gesicht und wedelte mit dem ganzen Körper.

Lachend erhob ich mich. "Na, das wird auch beim dritten Mal nicht weniger", sagte ich.

Dennis lachte, beugte sich dann blitzschnell vor und leckte mir ebenfalls übers Gesicht.

"Hey, was sollte denn das?", gab ich grinsend zurück und er zuckte frech mit den Schultern.

"Na, hast du nicht vorher gesagt, dass ich es auf einen Versuch ankommen lassen soll."

"Aber doch nicht bei mir." Dieser verrückte Kerl hatte es tatsächlich durchgezogen.

Wir grinsten uns einen Moment lang an, dann streichelte ich den Rüden noch einmal und sagte: "Die Pfote sieht wirklich gut aus, Dennis. Weiter schön sauber halten, dann solltet ihr es bald geschafft haben."

"Danke, Doc", sagte er und deutete eine Verbeugung an.

Und bevor ich verstand, was da geschah, taumelte er einen Schritt zurück.

HUDSON

Fassungslos starre ich auf Aria und den fremden Mann, der sie soeben geküsst hatte. Doch anstatt völlig auszuflippen und ihm eine Ohrfeige zu geben, lachte sie auch noch. Sie stand da und lachte nach diesem Kuss.

In mir brannten alle Sicherungen durch und die Eifersucht brodelte in Sekunden so hoch, dass sie völlig außer Kontrolle war. Ohne ein Wort zu Jude sprang ich die Treppen nach unten und überbrückte die Distanz zwischen uns in Windeseile.

Bevor er sich noch einmal nach vorn beugen konnte, um Aria ein weiteres Mal zu küssen, war ich schon bei ihnen und stieß ihn zurück.

Ich sah rot vor Wut und war völlig von der Rolle von dem, was hier gerade vor meinen Augen stattgefunden hatte.

War das ihr Scheißernst?

Sie konnte doch nicht hier stehen auf unserer Party und sich von einem wildfremden Kerl küssen lassen.

Und dieser Kerl? Ging es ihm noch ganz gut? Wusste er nicht, wer sie war und dass sie mir gehörte, mir allein?

Ich stieß ihn noch mal zurück und wollte gerade ausholen, um ihm eine in seine hässliche Visage zu zementieren, da hing Aria auf einmal fuchsteufelswild an meinem Arm.

Nicht nur sie war außer Rand und Band, sondern auch dieser helle Hund zu seinen Füßen war völlig am Durchdrehen, bellte und kläffte, schnappte in meine Richtung. Er sah fast ein bisschen aus wie Aria auf meiner anderen Seite, die mich wütend anfauchte, als wäre ich es, der hier etwas Falsches getan hatte.

Was zum Teufel? Ich hatte nichts Falsches getan, dieser Kerl hatte etwas Falsches getan und sie, dass sie es zuließ und lachte. Wie konnte sie hier stehen und mich anschnauzen? Diesen Ton hätte er verdient. Er, dieses kleine Arschloch, dem ich so gern die Fresse polieren würde.

"Was zum Teufel fällt dir ein?", fauchte sie und schlug mir mit der flachen Hand auf die Brust. "Geht's dir noch ganz gut? Was soll das?"

"Ob es mir noch ganz gut geht?", gab ich lachend zurück und riss mich von ihr los.

Ich bereute es im nächsten Moment, denn sie wäre beinahe auf dem rutschigen Boden hingefallen. Ich konnte sie gerade noch so am Oberarm packen und der Typ tat selbiges an ihrer anderen Seite.

No way!

Nicht in diesem Leben.

Ich holte aus und schlug seinen Arm beiseite, riss Aria neben mich und stierte ihn wütend an.

"Was mir einfällt?", wiederholte ich. "Du lässt dich hier vor meinen Augen von einem wildfremden Kerl küssen und lachst dann auch noch darüber? Er sollte froh sein, wenn ich ihm nur die Fresse poliere."

"Bist du verrückt geworden?", fragte Aria mich und fuchtelte mit einer Hand vor meinem Gesicht umher.

"Ich? Ob ich verrückt geworden bin? Die Frage ist wohl eher, ob du verrückt geworden bist", antwortete ich und packte sie nun mit beiden Händen an den Oberarmen, um sie sanft zu schütteln.

"Was zum Teufel sollte das?", fragte ich und ignorierte den vor sich hin plappernden Mann nun vollständig. Er interessierte mich nicht. Wenn es nach mir ging, sollte er den nächsten Canyon hinabstürzen. Ich wollte aus Arias Mund hören, was zum Teufel da los gewesen war. Wie sie es zulassen konnte, dass dieser Kerl ihre Lippen berührte.

Ihre Augen waren weit aufgerissen und ihr Mund stand ebenfalls offen.

"Er hat mich nicht geküsst."

Ich schnaubte. "Ich hab es doch gesehen, mach mir nichts vor."

"Aha", sagte sie und zog eine Augenbraue nach oben. "Gesehen also, wie damals auf dem Foto, oder?"

Okay, das war ein kleines K. o. gegen mich in der ersten Runde, und es kotzte mich ziemlich an, also presste ich die Kiefer aufeinander und knirschte mit den Zähnen.

Was sollte ich da drauf schon antworten. Natürlich hatte ich gesehen, was ich gesehen hatte … was ich damals aber auch gesehen hatte.

Verdammt!

"Es war ein verdammt schlechter Witz", fuhr sie dann fort und verdrehte die Augen. "Sein Hund begrüßt mich immer so überschwänglich und schleckt mich ab, und ich habe einen Spaß gemacht, dass er es doch auch mal bei einer Frau versuchen sollte. Natürlich nicht bei mir."

"Was ist denn das für eine Scheißidee", fauchte ich.

"Es war wirklich nicht mehr, Mann", sagte der blonde Kerl mit dem blonden Hund, die nun beide einige Meter entfernt standen, im Sicherheitsabstand. Gut so, je weiter weg sie von Aria waren, desto besser war es für sie und mich.

"Wie kommt man auf die beschissene Idee, die Freundin eines anderen Kerls abzuschlecken", knurrte ich ihn an, und der Typ hatte zumindest den Anstand, beschämt dreinzublicken.

Dann zuckte er mit den Schultern. "Es tut mir leid, es war wohl nicht die beste Idee und ein schlechter Scherz."

"Ein verdammt schlechter Scherz", knurrte ich zurück.

Dann wandte sich Blondie auch noch an Aria. "Sorry, Doc."

Diese lächelte, und allein das brachte mich schon wieder zur Weißglut.

"Kein Problem, Dennis, es ist nicht deine Schuld."

"Nicht seine Schuld", schnaubte ich leise, aber Aria hörte mich trotzdem.

Sie machte sich von mir los und wandte sich schließlich nach einer gemurmelten Verabschiedung von Blondie ab und ging in Richtung der Parkplätze.

Ich folgte ihr wie ein geprügelter Dackel und kam mir dabei ziemlich dämlich vor.

Als wäre das alles meine Schuld, als hätte ich mich gerade von irgendeiner Tussi abschlecken lassen und hätte dabei sogar noch gelacht. Mit der Fernbedienung öffnete ich die Zentralverriegelung des Autos und Aria stieg, ohne ein Wort zu sagen, ein.

Auch die ganze Heimfahrt lang schwieg sie eisern und ganz langsam keimte in mir der Verdacht auf, dass ich wohl ein wenig überreagiert hatte und vielleicht sogar eine irgendwie geartete Entschuldigung fällig sein könnte.

Verdammt! Noch mal: Verdammt!

Als wir vor meinem Haus ankamen und sich mir der Gedanke aufdrängte, dass sie jetzt ohne Weiteres in ihr Auto steigen könnte, um nach Hause zu fahren, stieg Panik in mir auf, denn ich wollte nicht, dass sie ging, und schon gar nicht, dass wir im Streit auseinandergingen.

"Es tut mir leid", sagte ich knapp, erntete dafür aber nur ein weiteres Schnauben.

Also seufzte ich, rieb mir über die Augen und lehnte mich zurück in meinen Fahrersitz.

"Es tut mir wirklich leid, Aria. Ich weiß, meine Eifersucht war ein bisschen übertrieben, aber ernsthaft: Von meinem Standpunkt aus sah es einfach so aus, als hätte dieser Typ dich mitten auf den Mund geküsst und du hättest es auch noch witzig gefunden. Wie hättest du dich an meiner Stelle gefühlt, wenn Theresa und ich das gewesen wären?"

Sie hatte den Mund bereits zum Antworten geöffnet gehabt, doch bei meinem letzten Halbsatz schloss sie ihn wieder.

Das war definitiv ein Punkt für mich, und sie dachte einen Moment lang darüber nach, dass sie selbst auch hin und wieder eifersüchtig war.

"Es tut mir wirklich leid, Babe", sagte ich und streckte dann eine Hand aus, um ihre Wange zu streicheln. "Ich hab dich einfach gerade erst wieder und allein die Vorstellung, dich an einen anderen verlieren zu können, treibt mich ehrlich gesagt in den Wahnsinn."

Ein trauriges Lächeln zuckte an ihren Mundwinkeln. "Ich versteh es, wirklich, ich versteh es. Aber das war einfach viel zu viel."

Ich nickte und streichelte sanft über ihre Wange.

"Zu viel, ich weiß. Und ich schwöre: Du hast einmal Augen-Auskratzen bei wem auch immer gut", gab ich lächelnd zurück.

Doch ich sah, dass meine Antwort noch nicht genug war, also nahm ich ihr Gesicht in beide Hände und sah ihr tief und ernst in die Augen.

"Ich hab dich einfach gerade erst zurück. Du bist … du bist die Liebe meines Lebens, und dich zu verlieren – noch einmal zu verlieren –, ich würde es nicht ertragen, verstehst du?"

Bei seinen Worten flog ein ganzer Schwarm Schmetterlinge in meinem Bauch auf.

Ich war die Liebe seines Lebens.

Das so einfach von ihm zu hören, Worte, die so ehrlich klangen aus tiefstem Herzen, zu einem Zeitpunkt, an dem wir beide so verletzlich waren, war wunderschön und erschreckend zugleich. Denn es zeigte mir, wie fragil unsere Beziehung in Wirklichkeit noch immer war. Zwei gebrochene Herzen, die nicht so richtig wussten, was sie einander wirklich bedeuteten, wie tief ihre Liebe ging und wie unerschütterlich sie sein könnte, wenn sie nicht all die Jahre verschwendet hätten.

Zögerlich nickte ich und lächelte Hudson dann aufmunternd an, denn mir wurde klar, dass auch er einfach nur verletzt und verunsichert war. Genauso wie es mir erging.

"Versprich mir einfach, dass du in Zukunft erst mit mir redest, anstatt dir irgendetwas zusammenzuspinnen und solche verrückten Dinge zu tun", antwortete ich und versuchte es mit einem weiteren aufbauenden

Lächeln. Gar nicht so leicht, wo in mir ein Wirbelsturm aus Gefühlen tobte, der absolut unkontrollierbar war.

Er nickte und beugte sich dann über die Mittelkonsole zu mir, um seine Lippen auf die meinen zu pressen. Sein Kuss war hart und fordernd, als wollte er sichergehen, dass zwischen uns wirklich alles in Ordnung war, dass ich nichts zurückhielt oder vor ihm verbarg. Dabei hatte er doch immer wie in einem Buch in mir lesen können. Hatte all meine Gefühle und Emotionen schon so viel vor mir erkannt.

"Ich schwöre bei Gott, dass mir so etwas nie wieder passiert", antwortete er. "Ich habe zweimal so einen beschissenen Fehler gemacht, ein drittes Mal wäre einfach nur noch Dummheit und ich könnte mir gleich einen Strick kaufen."

Ich schnaubte. "Ein bisschen melodramatisch, Mister, oder?", fragte ich und lächelte ihn an.

"Bleibst du bei mir?", fragte er dann ernst, und ich wusste aus der Art, wie er die Worte aussprach und wie er mich dabei ansah, dass es ihm um so viel mehr ging als diese Nacht. Die Frage war, ob ich bei ihm blieb – für immer.

Ich nahm mir einen Moment Zeit und hörte tief in mich hinein, denn ich wollte ihm einhundertprozentig die Wahrheit sagen.

Dann nickte ich ernst, sah ihm in die Augen und sagte: "Für immer."

Da presste er seine Lippen auf meine, küsste mich fordernd und energisch, tief und alles verschlingend, als wollte er alles, was ungesagt zwischen uns hing, in diesen einen Kuss verpacken. Diesen einen Kuss, der uns beide vollkommen überwältigte und mit so viel Verlangen und Liebe zurückließ, dass wir am ganzen Körper bebten.

Widerwillig riss ich mich von ihm los und stieg aus dem Auto, noch bevor er mir die Tür öffnen konnte.

Ich wollte nichts sehnlicher als jetzt sofort nach drinnen in sein Haus, in sein Schlafzimmer, in sein Bett, ich wollte ihn spüren, wollte ihn fühlen – jetzt und ganz. Alles, was ich brauchte, war Hudson.

Nicht nur an diesem Abend und in dieser Nacht, sondern für den Rest meines Lebens an meiner Seite.

Meine große Liebe.

Mein Back-up.

Mein Anker.

Mein Hudson, der eine Mann, der schon immer meine Nummer eins gewesen war. Der es immer bleiben würde, denn ich war mir sicher, dass keiner von uns den anderen jemals wieder gehen lassen würde. Koste es, was es wolle.

HUDSON

Sex mit Aria war noch um so vieles besser als vor all diesen Jahren, und hatte ich damals schon geglaubt, dass es nichts Besseres geben konnte, so war ich mir heute sicher, dass es so war.

Nicht nur der Sex. Alles mit Aria war so viel mächtiger als alles andere in meinem Leben.

Ihre braunen, warmen Augen sahen mich unter halb geschlossenen Lidern an. Sie waren lustgetrübt und verdrehten sich immer wieder, während ich ein ums andere Mal in sie eindrang.

Sie fühlte sich so verdammt gut an, schmiegte sich eng, heiß und nass um meinen Schaft, als wäre sie einzig und allein für mich geschaffen.

Meine Eier schmerzten, doch ich zögerte den Orgasmus mit aller Macht hinaus, wollte ihr noch länger dabei zusehen, wie sie sich unter meinen Stößen vor Lust wand, sich mir entgegenbäumte und um mehr bettelte.

Sie war so perfekt, dass es mir schwerfiel, mich zu beherrschen, aber ich brauchte mehr von ihr, würde niemals genug bekommen.

Dann erzitterte sie endgültig, und ihre innere Muskulatur verkrampfte sich um meinen Schwanz herum, riss mich mit ihr über die Schwelle zu meinem Höhepunkt, während ich mich tief in ihr ergoss.

Das war es: mein persönlicher Himmel, Aria so nah wie anders nicht möglich.

EPILOG

HUDSON

"Bist du bereit?", fragte ich, als ich mir Mütze und Handschuhe übergezogen hatte.

Aria grinste. Ihre Augen funkelten zwischen der dicken Mütze und dem bauschigen Schal hervor und sie nickte.

"Bereit zu allen Schandtaten", sagte sie und folgte mir dann nach draußen zu dem Pick-up.

Ich fuhr den Wagen hinüber zu Cals Weihnachtsbaum-Farm. Ich hatte am Vortag schon mit ihm telefoniert und vereinbart, dass Aria und ich uns einen Weihnachtsbaum holen würden.

Es war der erste Baum, seit ich siebzehn Jahre alt gewesen war. Der erste nach dem Tod meines Vaters und der Trennung von Aria. Aber es fühlte sich gut und richtig an.

Ich wollte dieses erste gemeinsame Weihnachtsfest mit ihr zusammen verbringen. Ich wollte, dass es richtig und perfekt war, mit allem Drum und Dran. All der Weihnachtsschmuck, die Mistelzweige und einen richtigen Tannenbaum – eben mit allem Drum und Dran.

Also fuhren wir das kurze Stück hinüber zu Cals Farm und stiegen dort bei absolutem Weihnachtsambiente und wunderschönem weißem Schnee aus.

Von der Ladefläche nahm ich mir eine kleine Axt und legte dann einen Arm um Arias Schultern.

"Das hier könnte der Anfang von einem Liebesfilm oder der Anfang von einem Horrorfilm sein, findest du nicht?", sagte sie kichernd und deutete auf meine Axt.

Ich grinste und drückte ihr einen Kuss auf die Schläfe.

"Mit dir wähle ich immer den Liebesfilm", sagte ich schnulzig, und sie seufzte übertrieben glücklich.

Wir gingen durch die Reihen von Bäumen, sahen uns den einen oder anderen an. Einer war zu groß, einer war zu klein, einer zu buschig, einer zu licht.

Es dauerte fast eine Dreiviertelstunde, bis wir den perfekten kleinen Baum für unser perfektes kleines Zuhause fanden.

"Ja, der ist es", sagte Aria und klatschte zufrieden in die Hände. Also nahm ich den Schutz von meiner Axt ab und fing an, den Baum mit gezielten Schlägen umzulegen.

Es dauerte nicht lang, der Stamm war maximal fünfzehn Zentimeter dick. Dann nahm ich das schwere Ende und Aria die Spitze, während wir zusammen zurück zum Truck gingen.

"Hast du Weihnachtsschmuck zu Hause?", fragte sie, und ich nickte.

"Auf dem Dachboden. Den können wir holen, während wir den Baum zum Trocknen vor den Kamin stellen."

"Das wird mein erstes richtiges Weihnachten seit … ich weiß nicht wann", gab sie zurück.

Ich grinste sie über die Schulter hinweg an. "Ich weiß genau, was du meinst. Und ich würde sagen, zum ersten richtigen Weihnachten solltest du eine Ansage auf deinem Telefon machen, dass sie in dringenden Fällen bei mir zu Hause anrufen dürfen."

Sie zog ihre süße Nase kraus. "Meinst du, das ist eine gute Idee?"

"Ich meine, damit fallen mindestens neunzig Prozent der Anrufe weg. Und genau diese neunzig Prozent brauchen wir absolut nicht an unserem ersten gemeinsamen Weihnachten, denkst du nicht?"

Grinsend nickte sie und wir verluden den Baum auf meinen Pick-up, ehe wir zurück zu mir fuhren.

ARIA

Mitten in dem Gewusel aus all den Welpen den Weihnachtsbaum zu schmücken, war schwerer, als es sich anhörte.

Egal, wo man hintrat, wo man etwas hinstellen wollte oder etwas ablegen mochte, war ein Welpe im Weg. Nicht nur im Weg, sondern sie klauten auch aktiv Teile des Christbaumschmucks.

Besonders beliebt waren die Lichterketten und die langen Girlanden, die wir auf den Baum hängen wollten.

"O Mann, was für ein Chaos", sagte ich lachend und nahm einem der kleinen Rüden die Lichterkette aus dem Mäulchen.

"Ja, es wird langsam Zeit, dass sie ausziehen", gab Hudson zu und hielt eines der Mädchen davon ab, eine Christbaumkugel als Ballersatz zu benutzen.

"Langsam werden sie wirklich anstrengend", fuhr er fort und sah dabei schmunzelnd auf die Bande hinab. "Aber nächste Woche ist der Spuk ja schon vorbei und alle werden in ihr neues Zuhause ziehen."

Ebenfalls grinsend ging ich zu ihm hinüber und schlang meine Arme um seinen Nacken.

"Das wird bestimmt schwer", sagte ich zu ihm und streichelte sanft über seinen Haaransatz.

Er schüttelte den Kopf. "Nein, ich bin es ja schon gewohnt. Es ist bei Weitem nicht der erste Wurf. Aber ein klein bisschen Wehmut ist natürlich jedes Mal dabei."

Lächelnd stellte ich mich auf die Zehenspitzen und flüsterte ganz nah an seinem Mund: "Ich werde dich ablenken, damit es dir nicht allzu schwerfällt."

Dann drückte ich meine Lippen auf seine, küsste ihn sanft und neckend.

Hudson erwiderte den Kuss augenblicklich und schlang seine Arme um meine Mitte und zog mich näher an ihn, bis wir einander drängender küssten.

So war es immer mit uns, es fiel uns beiden schwer, uns zurückzuhalten, wenn wir die Finger erst einmal aneinander hatten. Die Chemie zwischen uns stimmte einfach zu sehr. Hudson schmeckte zu gut und roch zu gut, dass ich länger als nötig von ihm Abstand halten konnte.

Ich hörte leises Knurren und Geklimper ganz am Rande meines Bewusstseins, aber ich konnte mich nicht von Hudson losreißen. Ich wollte mehr von ihm, brauchte mehr von ihm – wie es immer war, sobald er in meiner Nähe war. Also presste ich mich fester an ihn und genoss es, wie seine Arme sich um mich schlossen. So stark und muskulös, beschützend und behütend. Ich liebte es, jeden einzelnen Moment davon.

Dann, plötzlich, völlig aus dem Nichts riss Hudson sich von mir los und stürmte an mir vorbei, sodass ich beinahe umgefallen wäre. Verwirrt blinzelnd drehte ich mich um und sah, dass er im letzten Moment die Spitze des Weihnachtsbaums erwischte. Ich verstand nicht, wie der Baum umfallen konnte. Wir hatten ihn doch gerade ausgemittelt in dem stabilen Ständer.

Doch als ich dann wieder das Knurren hörte und nach unten sah, bemerkte ich viele kleine Welpen, die sich in die Äste verbissen hatten und daran zerrten, sodass Hudson Mühe hatte, den Baum aufzustellen. Kichernd kam ich ihm zu Hilfe, indem ich zwei der Welpen von den Ästen abpflückte und zurück in den Welpenauslauf brachte.

"Ich sehe schon, das wird so nichts", sagte ich lachend, und Hudson grinste breit.

"Da hast du recht. Also entweder wir stellen den Auslauf um den Baum oder die Welpen bleiben im Auslauf."

Ich nahm die nächsten zwei und brachte sie ebenfalls zurück in den gesicherten Auslauf und sagte dann: "Ich glaube, die Welpen können auch mal ein paar Stunden im Auslauf bleiben, dann haben wir beide unsere Ruhe."

Ich grinste ihn anzüglich an, als ich die nächste Runde Welpen vom Baum pflückte und Hudson mir half. Als alle gesichert waren, schlang er von hinten seine Arme um meine Mitte und presste sich an mich.

Dann flüsterte er in mein Ohr: "Jetzt, wo alle so gut verstaut sind, wird es Zeit, dass ich dir mein Bett zeige."

Er küsste meine Halsbeuge und ein angenehmer Schauer lief meinen Rücken hinunter.

"Das ist eine verdammt gute Idee", antwortete ich.

Ganz egal, wie oft Hudson mir sein Bett … seine Küche … sein Sofa oder was auch immer zeigen wollte, ich würde niemals Nein sagen, denn von ihm bekam ich einfach nicht genug.

Dass mein Leben jemals wieder so perfekt werden würde, hätte ich noch vor wenigen Wochen absolut nicht erwartet.

HUDSON

Mir war nicht bewusst gewesen, was mir im Leben gefehlt hatte, bis Aria es mir gezeigt hatte. Sie, die Liebe meines Lebens, mit der ich all diese wundervollen Dinge teilen konnte. Die guten und die schlechten und auch dieser Feiertag, der ebenfalls aus gut und schlecht zugleich bestand.

Ich hatte Weihnachten immer gehasst, bis sie in mein Leben zurückgekommen war. Ich hatte es gehasst, weil Weihnachten einer der Tage gewesen war, die mich daran erinnerten, wen und was ich schon alles in meinem Leben verloren hatte.

Aber nun hatte ich sie zurück, meine Aria.

Ich liebte es, dieses Fest mit ihr zu verbringen, jeden einzelnen Moment davon und das Wissen, dass wir all das später miteinander teilen würden. Es hatte mir Spaß gemacht, den Baum auszusuchen, den Baum zu schmücken und auch das Haus zu schmücken. Sogar der Überfall dieser winzigen Terroristenbande, die sich Welpen nannten, hatte nicht mehr als ein Lächeln in mir hervorgerufen.

Und selbst wenn sie den Baum quer durchs Haus

geschleift hätten, es wäre mir egal gewesen, solange Aria an meiner Seite war.

Auch den Weihnachtsabend selbst verbrachten wir gemütlich aneinandergekuschelt vor dem großen Kamin und seitlich zu dem selbst geschmückten Weihnachtsbaum.

Ich schob ihr ein kleines Päckchen zu, das ich selbst für sie eingepackt hatte. Sie wandte sich um, um mir in die Augen zu sehen, und eine steile Falte erschien zwischen ihren Augenbrauen.

"Wir hatten doch vereinbart, dass wir uns nichts schenken", rügte sie mich.

Ich zuckte mit den Schultern. "Es ist auch weniger ein Geschenk für dich als ein Geschenk für mich", sagte ich lächelnd.

Sie zog die Nase kraus und nahm das Päckchen entgegen. Dann löste sie die Schleife und anschließend das Papier.

Tief durchatmend hob sie den Deckel an und blinzelte mehrere Male, während sie auf den Schlüssel hinabsah, den ich dort verpackt hatte.

"Ich … was …", stotterte sie und sah mich dann fragend an.

Ich lächelte. "Es ist das, wonach es aussieht. Ich … möchte gern, dass du bei mir einziehst", antwortete ich und streichelte sanft über ihre Wange.

"Einziehen?", fragte sie und blinzelte mehrere Male ungläubig.

Ich nickte. "Ich hab dich gern bei mir, ich will dich für immer bei mir haben. Ich liebe dich, Aria. Ich liebe dich so sehr und ich möchte jede Minute mit dir zusammen verbringen."

Ein Lächeln zuckte an ihren Mundwinkeln, und dann sah sie zurück zu der Schachtel, ehe sich ihre Miene ein klein wenig verfinsterte.

"Ich kann nicht immer hier sein, Hudson, ich muss bei meiner Praxis sein. Es wäre absolut unpraktisch, wenn ich nicht dort wohnen würde."

Sie sagte es leise und bedauernd, aber auch da dran hatte ich natürlich gedacht. Also schob ich meinen Zeigefinger und ihr Kinn und hob ihres an, damit sie mich ansehen musste.

"Das weiß ich, Babe, und ich hab auch dafür eine Lösung, denke ich."

Ich zuckte mit den Schultern und holte dann hinter mir eine kleine Papierrolle hervor, die ich zwischen uns ausbreitete.

"Das ist mein Anbauplan für nächstes Jahr. Schau hier, wir können dir hier eine nigelnagelneue Praxis bauen. Eine, die praktischer ist als die, die du jetzt hast. Eine größere mit kleinen Zwingern für deine tierischen Patienten und einem kleinen Stall, wo du auch mal den ein oder anderen Großpatient halten könntest."

Ihre Kinnlade kippte nach unten und ihr Blick wurde nur noch ungläubiger. "Ist das dein Ernst?", fragte sie.

Ich lachte auf. "Natürlich ist das mein Ernst. "Ich nahm ihr Gesicht in beide Hände und sagte dann: "Ich will, dass du bei mir bleibst, Aria, für immer. Ich will so viele Minuten, wie nur geht, mit dir verbringen und möchte nicht noch einen einzigen Augenblick ohne dich verschwenden. Ich liebe dich, und ich will, dass du bei mir einziehst. Alles an und von dir."

Tränen standen in ihren Augen, und sie blinzelte heftig, um sie zu vertreiben, aber es war vergebens. Schon kullerte die erste über ihre weiche Wange. Dann nickte sie hektisch: "Ich will … ich will", sagte sie und grinste.

"Dieser Teil kommt ein anderes Mal, Babe."

Ihr Lächeln wurde noch breiter, dann warf sie sich mir an den Hals und presste ihre Lippen auf meine.

Es war perfekt, wie alles mit und an Aria.

Dass sie mir mit ihrem Ja das größte Geschenk überhaupt machte, ahnte sie noch nicht einmal. Alles, was ich mir jemals erträumt hatte, wurde damit wahr.

Meine Aria würde für immer bei mir bleiben, wir würden zusammen hier auf dieser Farm leben, auf der wir irgendwann unsere eigene kleine Familie gründen würden. Hier, wo uns beide so viele schöne Erinnerungen verbanden, würden unsere Kinder aufwachsen und dieselbe unbeschwerte Kindheit erleben dürfen, wie ich es konnte.

Und ganz vielleicht würden auch meine besten Freunde hier ihre Kinder großziehen und das Winter Dream Resort würde in die nächste Generation gereicht werden.

Ende

des ersten Bandes der Reihe „Winter Dream Resort". Falls du dich auch für die Geschichten von Cal, Wes und Jude interessierst, hier die Infos:

„Weihnachtswunder mit dem Ranger" von Kimmy Reeve ab dem 10.12.2023
„Unterm Mistelzweig mit der Nanny" von Aurelia Velten ab dem 17.12.2023
„Schlittenfahrt ins Fake-Glück" von Katrin E. Buck ab dem 22.12.2023

Infos zu Band 2 der Reihe:

Weihnachtswunder mit dem Ranger

Von Kimmy Reeve

Vier Geschäftsmänner … ein Winter Dream Resort … und die ganz große Liebe in Montana!

Brynn Conway ist Reporterin für ein Dokumentarmagazin, die noch immer mit den schrecklichen Erinnerungen an ihre Vergangenheit zu kämpfen hat.
Für ein Projekt wird sie einen Monat vor Weihnachten von ihrem Chefredakteur zum Winter Dream Resort in Montana geschickt. Da Brynn gerne für sich ist und stets alleine arbeitet, gefällt ihr die Vorstellung von ein paar ruhigen Wochen in der Wildnis äußerst gut. Allerdings wird ihr vor Ort ein Begleiter an die Seite gestellt, wovon sie wenig begeistert ist.

Der Ex-Army-Ranger Jude MacMahon ist einer der vier Besitzer des bekannten Resort in der Kleinstadt Greenlake. Nebenher arbeitet er als Förster und ist für die umliegenden Wälder verantwortlich. Niemand kennt das Gebiet besser als er, daher soll er schließlich auf Brynn Acht geben.
Anfänglich eher genervt voneinander, fangen Brynn und Jude schon bald an, sich aufeinander zu verlassen sowie Vertrauen zu fassen. Aus Zuneigung entstehen Gefühle, auf die keiner von beiden vorbereitet ist. Bald müssen sie sich eingestehen, dass Liebe nicht nur ein Wort ist, sondern auch den Mut für einen Neuanfang verlangt.

DANKSAGUNG

Zu guter Letzt bleibt noch ein klein wenig Platz für ein großes Danke. Danke an all meine Leser, die mir in den letzten zehn Jahren so treu zur Seite gestanden haben und euch nun schon das fünfte Jahr mit uns auf die Adventsreihe freut!

Danke, dass ihr euch auf jede neue Geschichte, auf jedes kleine Abenteuer einlasst und euch immer wieder in meine kleine Bücherwelt entführen lasst.

Danke an meine Kolleginnen, die jedes Jahr dieses tolle Projekt mit mir auf die Beine stellen. Schön, dass es euch gibt und wir mit der Adventsreihe etwas Besonderes geschaffen haben.

Eure Allie

Rechtliches, oder was keiner lesen will und trotzdem drin stehen muss ...

 Impressum: Herausgeberin Allie Kinsley, allie.kinsley@web.de. Ladungsfähige Adresse für Deutschland: Allie Kinsley, Rotkreuzstr. 8, 87488 Betzigau:

Coverdesign: Hippomonte Publishing e.K.

Covermotive: Hintergrund © by malija, www.bigstockphoto.com (Stockfoto-ID: 280217302); Mann by kiuikson, www.depositphotos.com (Stockfoto-ID: 229894988), Hund © by lifeonwhite, www.depositphotos.com (Stockfoto-ID: 113254108), Resort-Logo unterer Teil © by Teneresa, www.depositphotos.com (Stockfoto-ID: 60817499), Resort-Logo oberer Teil © by art-l@i.ua, www.depositphotos.com (Stockfoto-ID: 243397982)

Illustrationen im Buchinnern: Weihnachtsglocken © by Clker-Free-Vector-Images, www.pixabay.com/photos/36241

Korrektorat: SW Korrekturen

Printed in France by Amazon
Brétigny-sur-Orge, FR

17238363R00120